Nous remercions le ministère du Patrimoine canadien,
la SODEC et le Conseil des Arts du Canada
de l'aide accordée à notre programme de publication

 Patrimoine Canadian
canadien Heritage

 Conseil des Arts Canada Council
du Canada for the Arts

ainsi que le gouvernement du Québec
– Programme de crédit d'impôt
pour l'édition de livres
– Gestion SODEC.

Nous reconnaissons l'aide financière
du gouvernement du Canada
par l'entremise du Programme d'aide au développement
de l'industrie de l'édition (PADIÉ) pour ce projet.

Logo de la collection:
Vincent Lauzon

Illustration de la couverture:
Louis-Martin Tremblay

Maquette de la couverture:
Ariane Baril

Édition électronique:
Infographie DN

Dépôt légal: 2ᵉ trimestre 2007
Bibliothèque nationale du Canada
Bibliothèque nationale du Québec

1234567890 IML 0987

La rumeur

DE LA MÊME AUTEURE
AUX ÉDITIONS PIERRE TISSEYRE

Collection Faubourg St-Rock

La rumeur, 1993
Pas de vacances pour l'amour, 1995
Le roman de Cassandre, 1996
Le bal des finissants, 1997
Les ailes brisées, 2000

COLLECTION PAPILLON

Mystère et vieux matous, 1991

CHEZ D'AUTRES ÉDITEURS

Les Éditions Héritage, Collection Pour lire avec toi
Mougalouk de nulle part, 1989
Annabelle, où es-tu ? 1989
Une gomme bien ordinaire, 1990
Au secours de Mougalouk, 1991
Le pilote fou, 1991

AUTRES CRÉATIONS PROFESSIONNELLES

Télévision (scénarisation)
Pacha et les Chats, séries I à IV, 1991-1995, Productions Prisma, SRC
Les Zigotos, 1994-1995, Productions Prisma, Canal Famille
Macaroni tout garni, séries I à IV, 1998-2001, Vivavision, Télé-Québec
Bric-à-Brac, 2001-2002, série produite et diffusée par la SRC
Rue des Petits Matins, 2002, série produite et diffusée par la SRC
Le retour de Noël Baumier, 2002, conte pour tous, produit
   et diffusé par la SRC

Danièle Desrosiers

La rumeur

Roman

**ÉDITIONS
PIERRE TISSEYRE**

9300, boul. Henri-Bourassa Ouest, bureau 220,
Saint-Laurent (Québec) H4S 1L5
Téléphone : 514 335-0777 – Télécopieur : 514 335-6723
Courriel : info@edtisseyre.ca

**Catalogage avant publication
de Bibliothèque et Archives Canada**

Desrosiers, Danièle

La rumeur
2ᵉ édition

(Collection Faubourg St-Rock plus ; 6)
Édition originale : 1993.
Publié à l'origine dans la coll. : Collection Faubourg St-Roch.
Pour les jeuness de 12 ans et plus.

ISBN 978-2-89633-036-2

I. Titre II. Collection

PS8557.E726R84 2007   jC843'.54   C2006-942243-5
PS9557.E726R84 2007

1
Lever du rideau

Il a plu toute la nuit. Des vents violents ont tourmenté le Faubourg St-Rock jusqu'à l'aube, et l'été en a profité pour faire sa valise. Le poil collé à l'échine, un chat gris traverse lentement la rue du Ruisseau. Autour de lui, le quartier bâille, s'étire, se mire dans les flaques. Dans la plupart des maisons, on fait de la lumière ; les lits sont désertés. Un chien aboie, et chacun sait que le camelot vient de passer.

Scooter, comme on le surnomme, est un as du vélo extrême. Dès qu'il enfourche sa bécane modifiée, sa gaucherie fait place à une remarquable adresse. Entre ses livraisons, le camelot s'entraîne sur les terrains vagues et les stationnements. Ce matin, il est gonflé à bloc : son parcours est jalonné de branches cassées et de mares boueuses. Le chat gris, occupé à se lécher une patte, reçoit une douche cinglante. Lancés d'une main énergique, les journaux ficelés dans le plastique volent vers les perrons mouillés. Celui de Charles Meury heurte la boîte aux lettres avant de rebondir sur les marches.

Émergeant des brumes du sommeil, le cerveau de Nadia enregistre le bruit. Les lèvres de l'adolescente esquissent une ébauche de sourire. Leurs horaires ne coïncidant pas, elle n'a entrevu le camelot qu'une seule fois au cours de l'été. Pourtant, son souvenir est associé à un moment de trêve dans une période d'insupportable angoisse.

À cette évocation, le pouls de Nadia s'accélère, une sueur froide lui glace les tempes et la réveille tout à fait. Ce matin, son angoisse revient en force. Adossée à ses oreillers, elle tente de se donner du courage pour la journée à venir en se remémorant le bref passage du camelot dans sa vie.

C'était au lendemain de son arrivée au Faubourg, dans la luxueuse maison de son père. Incapable de dormir, l'esprit en ébullition, Nadia s'était réfugiée aux aurores sur la balancelle du balcon. La journée, qui s'annonçait radieuse, était une injure à son désarroi. Un bon orage lui aurait calmé les nerfs. Au moment où elle se décidait à rentrer, une série d'aboiements avaient attiré son attention.

Simultanément, Scooter entrait dans son champ de vision, filiforme, aérien, son vélo cabré comme un pur-sang récalcitrant. Avec l'automatisme d'un gicleur de pelouse, le camelot agitait les bras en une série de mouvements rotatifs, arrosant plates-bandes et perrons de cylindres de journaux. Celui de Charles Meury avait atterri pile dans le panier de basket suspendu à la porte du garage.

— *Yes!* avait crié spontanément Nadia, mise en joie par ce coup d'éclat.

Le camelot l'avait-il entendue? Probablement pas, vu la vitesse à laquelle il circulait. Mais sans s'en douter, il venait de lui fournir un sujet de conversation pour son premier petit déjeuner en tête-à-tête avec son père. Qu'aurait-elle pu lui raconter, sinon, à ce presque parfait inconnu?

En quatorze ans et demi, leur contact s'était limité à deux ou trois sorties par année. L'implication de Charles dans la vie de sa fille se résumait à quelques cadeaux extravagants, des sorties au zoo, au musée, au théâtre, au resto. Il se montrait attentif, enjoué; trop, peut-être. Nadia n'était pas dupe de ses efforts pour la distraire, l'amuser. Il dévalisait les boutiques pour elle, guettant vainement un signe d'approbation, un sourire sur son visage fermé. Il ignorait tout d'elle, de ses besoins, de ses goûts. Le sentant vulnérable, prêt à tout pour l'amadouer, Nadia avait pris l'habitude de le défier. Avec sa crinière rousse emmêlée, ses taches de rousseur et ses yeux verts pailletés d'or, elle avait tout d'un bébé fauve. «Petite lionne!» plaisantait Charles. Quoi qu'elle dise ou fasse, jamais il ne perdait patience.

La sonnerie du réveil ramène brutalement Nadia au moment présent, qu'elle redoute depuis des semaines. C'est jour de rentrée scolaire. Ses pensées, nostalgiques, s'envolent vers sa poly, la vraie, la bonne, dans cette ville où elle est née, où elle a vécu toute sa vie, heureuse et en paix, avec sa mère. Jusqu'à ce jour affreux où…

— Chérie! C'est l'heure!

La voix grave et mélodieuse, montant des profondeurs de la maison, horripile l'adolescente.

«Ah, lui!» soupire-t-elle.

Elle est déjà debout, titubant vers la fenêtre tout en tâchant d'enfiler son jean. Une odeur de pâte sucrée s'infiltre sous la porte. Nadia tend la main vers la cordelette du store.

— Nadiaaa! C'est l'heu-heu-re!

— J'suis pas sou-our-de!

Un éclat de rire lui fait écho. Le store, déjà passablement malmené, remonte d'un coup sec et se décroche à moitié. La vitre est embuée. Après la tempête de la nuit dernière, le quartier offre l'aspect d'une plage désertée par les baigneurs. Le sol est jonché de menus débris. Plusieurs poubelles sont renversées. Coup d'œil vers la gauche: un gros homme en pyjama contemple d'un air perplexe une boule de poils raides incrustée dans le tronc d'un érable.

Au rez-de-chaussée, une porte moustiquaire grince. L'instant d'après, Charles apparaît sur le perron, ramasse son journal et prend une longue inspiration. Nadia recule d'un pas pour l'observer à son insu. Même à cette heure matinale, son père offre au monde une tête impeccable, aux cheveux lisses et bien disciplinés. Elle passe la main dans sa propre tignasse, pleine de nœuds, et grimace.

Barbotant dans les flaques au risque de gâcher ses pantoufles de cuir, Charles Meury va récupérer son bac vert sur la pelouse du voisin. L'excroissance poilue se détache de l'arbre comme un fruit mûr; avec une agilité surprenante pour un homme de son gabarit, le docteur Chicoine la cueille au vol. Le chat gris se contorsionne, lui glisse des mains et file entre les jambes de Charles.

Embusquée derrière sa fenêtre, Nadia voit les deux hommes éclater de rire, puis échanger quelques mots. Un élan de fierté, vite réprimé, fait battre le cœur de l'adolescente. Charles n'a pas l'aspect d'un baril moustachu, comme ce brave docteur Chicoine. Il a le style et la prestance d'un acteur de cinéma. Ne joue-t-il pas à la perfection son rôle de père célibataire, encore jeune, généreux et très ouvert? Haussant les épaules, Nadia se détourne de la fenêtre.

L'espace d'une seconde, elle éprouve une sorte de choc au cœur: sa chambre lui apparaît à travers les yeux de n'importe quelle fille de son âge. Aménagée au-dessus du garage double, la pièce est vaste et lumineuse. Rien n'y manque, ni les murs couverts d'affiches ni l'espace découpé en îlots: l'alcôve avec son lit bas, parsemé de coussins; le coin de l'ordinateur et ses étagères débordantes de livres; le cinéma maison, entouré de fauteuils-poire; la salle de bains privée, dissimulée par une série de paravents; l'immense armoire en pin remplie de vêtements et de chaussures de prix. Dans un coin, une raquette de tennis voisine avec une guitare neuve et une paire de patins à roues alignées. Un téléphone cellulaire et un baladeur, tous deux de couleur vive, émergent du fouillis sur la commode.

Nadia voit toutes ces choses quotidiennement depuis six semaines, mais son humeur morose l'empêche de les apprécier. Son unique trésor est une photographie de sa mère, prise par elle un an plus tôt dans le jardin communautaire de leur immeuble. À l'arrière-plan, des grappes de tomates rouges, un pan de clôture grillagée. Coiffée d'un chapeau de paille vert vif qui lui retombe coquinement sur l'œil, Jacinthe, rieuse, brandit un arrosoir rouillé vers l'objectif. À cette époque, rien ne laissait présager la dépression majeure qui cernerait de noir ses beaux yeux, effaçant de son regard l'entrain, l'énergie, la joie de vivre et, pire que tout, la tendresse prodiguée à sa fille depuis sa naissance.

Nadia se sent secrètement coupable de la détérioration de la santé de sa mère. Comment n'a-t-elle rien vu venir ? Sans oser se l'avouer, elle éprouve de la colère à l'endroit de Jacinthe, qui lui a caché la gravité de son état jusqu'à ce qu'il soit trop tard. Elle lui en veut d'avoir appelé Charles à la rescousse sans lui demander son avis.

Se dirigeant vers l'armoire, Nadia effleure du doigt la photo encadrée de carton par ses soins. Elle a dédaigné tous les cadres, de cuir, d'argent, de bois, proposés par son père. Son bricolage maladroit convient mieux à la simplicité de Jacinthe, à son tempérament d'artiste. Il rehausse sa beauté naturelle. Il entretient l'espoir d'un retour à la vie normale.

Les larmes aux yeux, le geste mécanique, Nadia enfile un vieux tee-shirt sans inscription, du même noir délavé que son jean. L'anonymat parfait. Il n'est pas question qu'elle se démarque aujourd'hui des autres élèves de La Passerelle. Son statut de « nouvelle dans le décor » lui est déjà assez pénible. Pourtant, depuis son arrivée, hormis quelques rares visites à la bibliothèque, elle n'a rien fait pour s'intégrer à la vie du quartier.

Trois minutes plus tard, Nadia dévale l'escalier et pénètre dans la salle à manger trop vaste pour deux personnes. Tiré à quatre épingles, cravaté et dûment chaussé, Charles feuillette le journal. Dans son assiette, les œufs au miroir semblent figés. Fidèle à ses principes, il attend sa fille avant d'attaquer son repas. Cet excès de bonnes manières irrite Nadia.

— *Go,* les mâchoires! lance-t-elle en avançant la main vers le plat de service au centre de la table.

Sans prendre la peine de s'asseoir, elle roule la crêpe entre ses doigts et mord dedans. Quelques gouttes de sirop dégoulinent sur son menton. Elle se lèche les lèvres.

Charles replie soigneusement son journal.

— Tu n'as rien d'autre à te mettre sur le dos, un jour comme aujourd'hui?

Nadia s'attendait à une observation sur son manque de manières. Sa bouchée, trop grosse, lui reste en travers du gosier.

Se levant à demi, Charles lui tend un verre d'eau et attend sans broncher la fin de son accès de toux.

— C'est réglementaire! réplique-t-elle dès qu'elle est en mesure de parler.

Charles, qui vient de dépenser une fortune en tenues branchées pour sa fille, ne pipe mot. Il a des nerfs d'acier, cet homme! Entre chaque bouchée, mastiquée avec une lenteur horripilante, il porte sa serviette de table à ses lèvres. Histoire d'ébranler sa patience, Nadia revient à la charge.

— J'ai le nombril caché et aucun trou dans mon jean. Pas de tatouage visible, zéro anneau dans le nez.

Elle a parlé la bouche pleine. Charles sourit avec indulgence et tend le bras vers la cafetière. Piquée au vif par son mutisme, Nadia devance son geste. Elle qui déteste le café, prend tout son temps pour s'en verser une tasse. Sous le regard impassible de Charles, elle y ajoute sucre et crème, remue le tout bruyamment avec sa cuiller, souffle sur le liquide déjà tiède.

Marie-Marthe, l'employée de maison, commence à desservir la table. Ignorant le manège de sa fille, Charles échange quelques mots avec la sexagénaire, puis l'aide à rapporter les plats vers la cuisine. Nadia tend l'oreille. Par-dessus les tintements de vaisselle, elle les entend discuter menus avec l'enthousiasme de gourmets chevronnés. Quel sujet passionnant! Potage Crécy, soufflé aux asperges, côtelettes d'agneau, salade de fruits frais… Non, pas de fraises, Nadia est allergique.

«Allergique à *lui*, oui! rage-t-elle intérieurement. Monsieur Parfait! Oh, je le déteste, je le
déteste!»

— Es-tu prête, ma chérie?... Nadia?

Elle a filé par la porte donnant sur le jardin, où
l'attendait son sac à dos préparé la veille. Le bas
effrangé de son jean absorbe l'eau des herbes folles,
couchées par l'averse. Ses belles chaussures neuves
– unique concession à la générosité de son père –
couinent à la manière d'un petit animal pris au
piège. Marchant d'un pas rapide, Nadia respire
avec délice l'air humide, gorgé d'odeurs. Le ciel se
dégage, la journée sera belle.

2
Les deux guignols

Pour éviter les grandes artères, déjà fourmillantes de jeunes en route vers la poly, Nadia pique à travers le parc malmené par l'orage. Son pied glisse sur une plaque de boue et, dans le mouvement qu'elle esquisse pour rétablir son équilibre, sa chevelure rousse crépite comme une flamme.

Un petit arbuste encore en fleurs gît au milieu de l'allée, victime de la tempête. Autour de lui, le sol est constellé de minuscules pétales roses. Mue par une sorte de réflexe, Nadia se penche et l'examine. Sa mère au prénom de fleur, passionnée d'horticulture, aurait agi de la même façon. Mais contrairement à Nadia, Jacinthe aurait tout de suite su comment nommer l'arbuste, quels soins lui prodiguer. Est-il toujours viable ? Il ne semble pas avoir trop souffert de sa mésaventure. Nadia le dépose au cœur d'une rocaille, où l'un des jardiniers de la ville pourra le récupérer.

Inconsciente des fleurettes roses qui étoilent son tee-shirt, l'adolescente poursuit son chemin. Son geste lui a fait du bien. Elle aussi est une déracinée. Mais si l'arbuste n'a d'autre choix que d'accepter son destin, Nadia ne s'adaptera jamais à son nouvel environnement. Par solidarité envers sa mère, elle tient mordicus à garder son patronyme. Charles a beau vouloir lui annexer celui de Meury, il n'aura pas gain de cause. Nadia est une Larue. Elle est née Larue. Larue elle restera.

Les joues roses et le souffle court, Stéphanie Girard rejoint Yannick Lavoie à quelques mètres du boulevard de La Passerelle. Le feu de circulation est au rouge pour les piétons, ce qui n'empêche pas les jeunes de se répandre en un flot continu d'un trottoir à l'autre. Pris en otages, les automobilistes n'ont d'autre choix que de ralentir. La plupart d'entre eux s'y résignent de bon cœur, en souvenir de leur propre jeunesse; d'autres klaxonnent avec impatience.

— T'es donc bien pressé! T'aurais pas pu m'attendre?

Depuis le temps qu'ils sortent ensemble, Yannick connaît assez sa blonde pour éviter tout affrontement. Son attitude calme et flegmatique fait contrepoint au caractère bouillant et volubile de son amie. Sans lui faire remarquer qu'il l'attendait, justement, planté comme un piquet à l'endroit exact de leur rendez-vous fixé la veille, il dépose un baiser sur sa joue.

Le visage de Stéphanie s'illumine, elle glisse son bras sous celui de son copain. Mais à son grand déplaisir, Yannick se dégage aussitôt, sourcils froncés.

— Qu'est-ce qu'il y a ? s'impatiente-t-elle en suivant la direction de son regard.

Quelques mètres plus loin, deux garçons tournent en ricanant autour d'une fille rousse tout en noir, la bousculant comme par mégarde, l'empêchant de traverser le boulevard malgré le feu redevenu vert. Stéphanie reconnaît Bastien Lupien et Rémi Dupont, les deux pires énergumènes de la poly.

— Pas encore eux autres ! marmonne-t-elle.

L'année précédente, c'était elle, la petite nouvelle en proie aux inventions débiles de ces deux guignols. C'est même à la suite de harcèlement de leur part qu'elle a fait la connaissance de Yannick. Mais il n'osera pas… Non, il n'osera pas jouer les sauveteurs encore une fois !

— Mêle-toi-z-en pas ! crie-t-elle en le voyant se porter au secours de la fille rousse.

Nadia est parfaitement capable de se défendre. Dès sa sortie du parc, ses tourmenteurs lui ont emboîté le pas, sifflant et passant des commentaires à voix haute sur son anatomie, ses cheveux, sa démarche. Elle les a ignorés le plus longtemps possible, mais lorsqu'ils l'ont serrée de près, lui marchant sur les talons, leur répugnant contact l'a fait réagir au quart de tour.

— Bas les pattes, Tête-de-Cobra! a-t-elle lancé au petit gros à lunettes du duo malfaisant.

Loin de comprendre le message, ils se sont acharnés de plus belle, lui tirant les cheveux, lui soufflant leur haleine de beurre d'arachide au visage. Pour avoir osé lui tapoter les fesses, le grand blond aux dents jaunes a mérité une gifle magistrale.

— Tiens, Face-de-Rat! Si tu me touches encore une fois, rien qu'une fois, je te dévisse la tête.

L'autre levait déjà la main, prêt à lui remettre la monnaie de sa pièce, lorsque Yannick est intervenu.

— Eille, ça va faire! a-t-il grondé.

Les autres se sont poussés, la bouche pleine de menaces. La présence du nouveau venu a retenu Nadia de cracher dans leur direction.

De loin, Stéphanie a assisté à la rencontre de son Yannick et de la belle rousse. Elle a vu les deux guignols s'éloigner en gesticulant. Mais au lieu de revenir vers elle, son chum s'attarde auprès de la fille. Qu'est-ce qu'il peut bien lui raconter? Que son oncle est chef de police, que tous les voyous du quartier le savent et que c'est pour ça qu'ils ne s'obstinent jamais avec lui?

Nadia cligne des yeux, éblouie par le regard velouté du garçon qui lui tend la main. Il a de si longs cils, une peau parfaite, et sa voix… sa voix est douce comme du miel.

— J'espère que ces deux zoufs-là t'ont pas trop découragée de notre école. Ils s'excitent toujours le poil des jambes devant les filles, surtout les nouvelles. Mais on n'est pas tous aussi débiles, à La Passerelle. Bienvenue dans le coin. Yannick Lavoie, secondaire 4.

Nadia serre la main tendue, un geste qui l'étonne de la part d'un garçon de son âge. Celui-là sait vivre, au moins!

— Moi, c'est Nadia, euh… Secondaire 3. Je…

Avançant d'un pas rapide, ses talons martelant rageusement le trottoir, Stéphanie dépasse le couple sans un regard pour Yannick et se faufile entre les grappes de jeunes qui traversent le boulevard. Nadia frissonne, comme au passage d'un courant d'air.

— Faut que j'y aille, à plus tard! lui lance le garçon à la voix chaude et vibrante.

En trois enjambées, il rattrape la fille blonde qui poursuit son chemin en l'ignorant.

Le cœur lourd, Nadia les regarde aller avec un sentiment de perte inexplicable. Puis, elle traverse à son tour.

«Yan-nick, Yan-nick, Yan-nick», couinent ses chaussures neuves sur le bitume luisant.

Le chat gris, qui l'a suivie de loin, flaire la bordure du trottoir et reconnaît les limites de son territoire. Les moustaches frémissantes, il patiente une bonne minute avant de se résigner à rebrousser chemin.

3

Vedettes et figurants

Charles Meury gare sa voiture dans l'un des espaces réservés aux enseignants. Plusieurs centaines de jeunes, sac au dos, déambulent sur le terrain de La Passerelle. Plissant les yeux, il tente en vain de repérer sa fille. Le départ en douce de Nadia l'a contrarié, et surtout, inquiété ; il a attendu jusqu'à la dernière minute avant de prendre le chemin de la polyvalente. Roulant lentement, faisant plusieurs détours, il l'a cherchée en vain dans les rues et jusqu'aux abords du terminus d'autobus. A-t-elle choisi ce matin entre tous pour faire une fugue ? Le cœur serré, Charles espère que non. Il a décidé de lui faire confiance. Et si elle manque à l'appel, il le saura bientôt.

Malgré toute sa bonne volonté, Charles n'arrive pas à se sentir une âme de père. Il s'était vu jouant un rôle d'ami, de conseiller, de confident. La réalité le déçoit énormément. Évidemment, l'adolescence n'est pas la période idéale pour commencer une nouvelle vie ailleurs. Mais pourquoi cette révolte de la part de Nadia? Il fait pourtant son possible pour lui faciliter la vie.

Chassant ces sombres pensées d'un mouvement rapide de la tête, Charles descend de voiture et verrouille la portière avant de se diriger vers l'entrée principale.

— Bonjour, m'sieur Meury!

Plaquant un sourire sur son visage, Charles salue distraitement les jeunes qui l'interpellent. Avec sa belle gueule d'acteur et sa gentillesse qui ne se dément jamais, le prof de français jouit d'une grande popularité à La Passerelle. Les garçons l'aiment bien, la plupart des filles lui trouvent un charme fou. Une petite queue d'admiratrices se forme derrière lui. L'une d'entre elles le suit de près, avec un balancement exagéré des hanches. On s'esclaffe dans son dos. Charles n'y prête pas attention, il a l'habitude.

Le directeur Houde, qui fait les cent pas dans le hall d'entrée de la poly, se porte à sa rencontre.

— Ah, Charles!

Les deux hommes échangent une poignée de main. Monsieur Houde fronce les sourcils.

— À propos de votre fille…

Le cœur du prof fait un bond dans sa poitrine. Serait-il arrivé quelque chose à Nadia?

Mais le directeur lui annonce simplement qu'il a jugé bon d'inscrire Nadia dans le groupe de

Pierre Durand, l'autre prof de français. Momentanément soulagé, Charles acquiesce.

Alors qu'il s'apprête à gagner son local, il est subitement attaqué – le mot n'est pas trop fort – par une véritable avalanche humaine : la très imposante madame Visvikis, directrice adjointe.

— Monsieur Meury ! Charles ! Quel plaisir de vous revoir ! minaude-t-elle en lui tapotant le bras.

Tout à ses préoccupations du moment, Charles grimace un sourire contraint.

— Tout le plaisir est pour moi, chère madame.

La conversation s'engage, mais Charles a l'esprit ailleurs et ne répond que par monosyllabes. Tout à son babillage, la Visvikis ne se rend pas compte de son malaise. Sans cesser d'avancer, elle salue un collègue, interpelle un élève qui semble errer au hasard, redresse un feuillet épinglé de travers à un babillard. Bref, elle a l'œil à tout et rien n'échappe à son regard acéré.

— Et Natacha ? sussure-t-elle en reportant son attention sur Charles.

— Pardon ?

— Votre fille n'est pas avec vous ?

— Oh, Nadia... Bien sûr. Elle... euh... elle a dû rejoindre son groupe.

La directrice adjointe le quitte enfin devant le local 312, non sans lui avoir rappelé le grand rassemblement prévu dans la cour de l'école à 11 h précises. Charles acquiesce en souriant et pénètre dans la pièce où l'attendent déjà une trentaine de jeunes.

C'est ici que monsieur Meury se sent parfaitement lui-même. C'est ici qu'il se dépouille de tous ses rôles, de tous ses masques, pour devenir le complice et le leader d'un groupe de jeunes qui l'aiment et le trouvent cool.

Dans dix minutes, il desserrera sa cravate, passera la main dans ses cheveux trop lisses. Dans une demi-heure, il aura gagné le cœur de tous ses élèves, même les plus récalcitrants. Dans une semaine, il ne pourra faire trois pas sans escorte, il sera consulté en dehors des heures de cours, retenu après la classe, sollicité de toutes parts. Et ses élèves, sans effort apparent, obtiendront la meilleure moyenne en français de toute l'école.

Madame Visvikis, passant devant le 312, pourrait entendre voler une mouche. Le 315, par contre, nécessite un arrêt de sa part, ponctué d'un de ses célèbres regards foudroyants à travers la partie vitrée de la porte. Sans être vraiment agitée, la classe de Pierre Durand, l'autre prof de français, manque déjà d'ordre. Elle l'aurait parié.

Pierre Durand est une sorte d'armoire à glace qu'on imaginerait mieux en prof d'éduc, sifflet au cou, aboyant des commandements à une meute de marathoniens amateurs. Il a la menace facile, mais la mémoire courte, et ses élèves ne le prennent pas au sérieux.

L'œil noir de la Visvikis capte l'attention d'un élève, qui en pousse un autre du coude. Une vague agite la classe, les voix s'éteignent et un silence relatif s'établit. Pierre Durand se tourne vers la porte et pousse un soupir exaspéré. Il déteste se sentir épié, surtout par cette chipie. Comme s'il ne savait pas tenir son groupe! Est-ce sa faute si on lui refile toujours les pires élèves de la poly? Ceux qui sont devant lui ce matin, momentanément calmés par l'avertissement silencieux de la Visvikis, ne tarderont pas à chahuter de nouveau et à lui mener la vie dure.

Saisissant sa feuille de présences, monsieur Durand fait l'appel d'une voix tonitruante, sans attendre de réponses.

— Allaire, Denis! Arbour, Catherine! Bissonnette, Philippe!

Les mains se lèvent au rythme accéléré de l'appel. La porte s'ouvre et Nadia fait une entrée tardive et très remarquée. Sous le regard réprobateur du prof, elle gagne la seule place disponible – au premier rang, évidemment – sans baisser les yeux. Elle a eu le temps de noter la présence du Cobra et de Face-de-Rat au fond de la classe et de leur dédier son regard le plus noir.

— Nom et prénom? aboie le prof.

— Larue, Nadia!

Sa voix résonne, haute et claire. Durand consulte sa feuille de présences, fronce les sourcils. Nadia pâlit, comprenant qu'on l'a inscrite sous le nom de Meury.

— Z'êtes sûre d'être dans le bon groupe, mademoiselle la retardataire? glapit Durand.

— Oui, monsieur. Sûre et certaine.

Elle ajoute, pour l'embarrasser:

— J'ai même spécialement *demandé* à être dans votre classe.

Rires incrédules. Elle est toquée, la nouvelle, ou quoi? Durand s'étouffe presque de surprise. On *demande* maintenant à faire partie de son groupe? Sa réputation serait-elle meilleure qu'il ne le croit?

— Eh bien… on vérifiera ça plus tard, tranche-t-il, aussi flatté que désarçonné.

— Dupont, Rémi!... **Dupont, Rémi!**

— Absent pour cause de décès! lance le Cobra en poussant du coude Face-de-Rat, qui fait mine de tomber raide mort dans l'allée.

Quelques ricanements saluent ce numéro clownesque, mais la plupart des jeunes évitent de réagir, craignant que leur nom ne soit associé pour le reste de l'année au duo détestable. Les yeux hors de la tête, Durand souffle comme un taureau prêt à foncer. Nadia lève les yeux au ciel, bien heureuse d'être assise au premier rang. Sa mimique n'échappe pas au prof, qui l'interprète comme une manifestation de solidarité à son endroit. À la surprise générale, il réussit à reprendre son calme et à poursuivre l'appel comme si de rien n'était.

Lorsqu'il atteint la lettre *m* de sa liste alphabétique, le prof marque une légère hésitation. L'inscription *Meury-Larue, Nadia* provoque un déclic dans son esprit. La fille de son collègue et rival… De toute évidence, elle tient mordicus à se dissocier de son père. Levant les yeux vers elle, il capte son regard suppliant et passe au nom suivant.

— Michaud, Mélissa…

Nadia se détend. Elle s'est fait un allié! Elle n'éprouve aucune crainte: Durand le susceptible, l'impopulaire, le mal aimé, saura garder son secret, ne serait-ce que pour faire un pied de nez à son collègue Meury.

Elle a une pensée pour son père, qui s'attendait naïvement à ce qu'elle se laisse conduire en voiture jusqu'à l'école. Il a dû fulminer en constatant sa disparition. Elle n'est pas dans sa classe, c'est toujours ça de pris. On l'a collée dans le groupe des agités et des agitateurs, dont font partie les deux guignols, mais elle n'ira pas s'en plaindre!

Dans son dos, le Cobra et Face-de-Rat se promettent bien de mener la vie dure à cette fille qui se croit intéressante.

4

Côté cour

Martin Gonthier n'a qu'une seule envie : en finir au plus vite avec les formalités de la rentrée pour piquer un sprint jusqu'à la maison. Pas celle des Labrie, sur la rue Tanqueray, qui est son huitième foyer d'accueil en 16 ans ; mais une maison vide, pleine d'échos, en attente de bruits de pas, de voix, de rires, de musique.

C'est la future maison des jeunes du quartier. Elle a déjà un nom : l'Abri, en l'honneur de Jacques Labrie, tuteur actuel de Martin et propriétaire de La Belle Saucisse du Faubourg. Le petit cottage lui appartient ; les locataires qui l'occupaient depuis plus de dix ans viennent de le libérer. Au cours de l'été, profitant de ses rares moments libres, Martin l'a repeint en partie. Ce travail manuel, accompli dans la solitude, a favorisé ses réflexions. Le projet a pris forme dans son esprit et, après quelques palabres, monsieur Labrie a accepté que sa bâtisse soit convertie en maison de jeunes. Il s'est occupé lui-même de toutes les formalités.

— Félicitations, mon gars, a-t-il dit en remettant un trousseau de clefs à Martin. Oublie pas d'afficher que j'ai des jobs de fin de semaine pour les étudiants pis que la saucisse est gratis pour les employés.

Martin a acquiescé, mais il doute du succès d'une telle annonce. Il est déjà l'objet de moqueries parce qu'il travaille « à la sôcisse », comme disent familièrement les gens du quartier. L'usine ne sent pas exactement la rose, mais le boulot est payant et l'argent, lui, n'a pas d'odeur.

L'inauguration officielle de la maison des jeunes aura lieu vers la mi-octobre. Martin compte les secondes, il ne se possède plus.

Ce projet-là, c'est la consécration d'un rêve. Dès qu'il l'a eu en tête, il en a pédalé un coup pour le réaliser. Aucun obstacle n'a résisté à son enthousiasme. Travailleur acharné, il a livré des journaux tout l'été, en plus de bosser à l'usine.

Martin est un entrepreneur né. Il gère sa vie comme une PME. Quand on passe, comme lui, d'une famille d'accueil à une autre, on a intérêt à s'ancrer dans du solide pour ne pas partir à la dérive chaque fois que le vent tourne et nous arrache à nos repères. Dès l'âge de huit ans, il s'est donc confié à ses propres soins et n'a jamais eu à le regretter. Il a développé une confiance inouïe en ses possibilités.

— Tu vas aller loin, toi…, lui répète souvent Jacques Labrie d'un air songeur.

Monsieur Labrie le traite en homme, l'encourage dans son projet. Son épouse Gilberte le soigne comme un fils. L'adolescent est touché par la générosité du couple, mais il reste sur ses gardes. À quoi bon créer des liens ? Cela ne lui a jamais réussi. Dans une vingtaine de mois, il sera majeur, libre de ses mouvements et apte à voler de ses propres ailes. Son plan est arrêté : il partira avant qu'on ne lui fasse sentir qu'il n'est plus le bienvenu.

Sa chambre chez les Labrie, trop propre et trop bien rangée pour un adolescent, est celle d'un étranger de passage. Elle n'a pas d'âme. Madame Labrie en est frappée et troublée chaque fois qu'elle y entre avec une pile de vêtements fraîchement lavés.

Pour l'instant, les futurs utilisateurs de la maison de jeunes – incluant Martin Gonthier – sont regroupés sur le terrain de balle molle de la poly, où le directeur Houde les a convoqués pour 11 h avant de leur donner congé pour le reste de la journée. Ils se bousculent dans les gradins, s'assoient en grappes à même le sol, hurlent à pleins poumons en agitant les bras :

— Monsieur Houde ! Monsieur Houde ! Houde-Houde-Houde-Houde-Houde !

Il arrive en saluant de la main, tout sourire, entouré de la directrice adjointe et du personnel enseignant. Ils ont droit à la traditionnelle ovation de début d'année, au bord de la démesure. Le directeur rayonne. La Visvikis pince les lèvres. Charles repère avec soulagement la chevelure cuivrée de Nadia parmi les têtes brunes, blondes, rasées, frisées, garnies de pics ou porteuses de casquettes. Pierre Durand se mordille les ongles; certains de ses collègues échangent quelques mots étouffés par la cacophonie ambiante.

En l'espace de quelques secondes, la cour d'école s'apaise. Les yeux noirs de la Visvikis, plus perçants que le vacarme, ont ramené tout le monde à l'ordre. Monsieur Houde se racle la gorge, le micro érafle les décibels, on se bouche les oreilles en grimaçant.

Martin sort de son rêve en étouffant un bâillement. Il étire son long corps, renvoie en arrière ses cheveux blonds aux épaules et jette un regard circulaire. Personne de sa connaissance. Une fille rousse à la physionomie boudeuse croise son regard. Il se sent transparent. Transpercé.

Mû par une volonté indépendante de la sienne, il joue du coude pour se rapprocher d'elle, écrasant des orteils, récoltant des jurons. Une main vigoureuse le pousse, il trébuche et pique du nez…

Sur son estrade, monsieur Houde tapote le micro récalcitrant.

— Mes amis, mes amis…

La rousse à l'air boudeur toise l'importun qui vient de se jeter sur ses souliers comme pour les embrasser.

— 'Scuse…, fait Martin en se relevant. J'espère que les caméras ont pas filmé ma cascade.

Les médias locaux sont en effet présents, des bribes du discours de monsieur Houde passeront aux actualités de fin de journée.

Sans desserrer les dents, Nadia se fraie un chemin dans la foule mouvante. Elle en a assez, elle étouffe.

Martin se sent aspiré comme par un tourbillon à la suite de cette fille rousse qui danse devant lui, virevolte, tournoie, disparaît et réapparaît entre les corps, les têtes, les bras de la pieuvre estudiantine. Elle se dirige vers la rue, au son de la voix du directeur Houde. Sans la quitter des yeux, il bifurque vers les supports à vélos en fouillant ses poches à la recherche de sa clef de cadenas.

Yannick Lavoie a levé les sourcils en voyant Nadia s'éloigner, les a froncés en apercevant son suiveur. Mais Stéphanie lui a enfoncé ses ongles dans le bras et il les a perdus de vue.

5

Côté jardin

Nadia respire enfin. Le soleil déchire la couverture nuageuse et salue sa libération. Elle prend possession un peu tôt de cet après-midi de grâce, accordé aux élèves pour leur permettre de s'inscrire à diverses activités. Nadia s'en moque. Individualiste, elle n'a aucune intention de se mêler à quelque groupe que ce soit en dehors des heures de classe.

Elle marche comme on nage, à grandes brassées souples. Elle pense à Yannick, elle revoit la fille blonde pratiquement soudée à lui dans la cafétéria durant la pause, entre les deux périodes du matin. Un pincement de jalousie lui a étreint le cœur. Ignorant le joyeux salut de Yannick, elle est passée tout droit, tête haute, les larmes aux yeux. À présent, elle se sent mortifiée d'avoir imaginé une possible amitié entre eux.

De quel droit en voudrait-elle à ce garçon rencontré au coin d'une rue le matin même ? Il a pris son parti contre deux idiots, c'est tout. Il aurait mieux fait de se mêler de ses affaires.

C'est dans cet état d'esprit que Nadia retraverse le parc. Mille et une pensées jalonnent son chemin. La fille blonde, Stéphanie, est en troisième secondaire elle aussi, mais dans le groupe de Charles.

Une balançoire l'attire, Nadia s'y assoit et se laisse aller, telle une poupée de chiffon, les bras autour des chaînes, la tête basse.

Un engin fou la frôle, un jet de sable humide lui cingle les chevilles.

— Eille ! Le malade !

Nadia bondit sur ses pieds, prête à en découdre, mais reste bouche bée en reconnaissant le cycliste. Lancé dans une impressionnante chorégraphie, il semble faire corps avec son vélo qui danse, bondit et pirouette en se jouant des obstacles. Mais le spectacle est de courte durée : le pneu avant bute contre une branche cassée, le casse-cou est parachuté dans le décor.

Nadia se précipite vers lui.

— Scooter ? Ça va ?

Sonné par sa chute, Martin se frotte le genou à travers la déchirure de son jean. Rien de grave, une simple éraflure. C'est son orgueil qui en a pris un coup.

— Tu me connais? s'exclame-t-il. Pourtant, tout à l'heure, à la poly... quand je suis euh... tombé à tes pieds...

Nadia éclate de rire.

— Je t'avais jamais vu de proche, mais là, j'ai reconnu ton bicycle et ton casque. T'es le camelot qui fait des baskets.

Scooter rougit violemment.

— Faut pas exagérer, j'en ai réussi juste un... chez monsieur Meury. Ben, dis donc, je savais même pas qu'il avait une fille!

Nadia se penche, les yeux pleins d'éclairs, et l'attrape au collet.

— Pars pas de rumeurs! Personne le sait que je suis sa fille. Pis personne a besoin de le savoir. Mon nom, c'est Larue. Nadia Larue.

— Moi, c'est Martin Gonthier, fait-il en se dégageant pour se remettre en position verticale. J'habite chez les Labrie, rue Tanqueray. Mais je suis pas juste un camelot. Je suis en secondaire 4. Je travaille aussi « à la sôcisse » et je m'entraîne régulièrement sur mon vélo.

Nadia fronce les sourcils.

— Comment ça, tu vis chez les Labrie et tu t'appelles Gonthier?

— Ça, ça te regarde pas, Nadia-Larue-qui-vit-chez-Charles-Meury.

Vexée par cette riposte, Nadia tourne les talons. Elle n'a pas fait trois pas que Scooter la rejoint en boitillant.

— Et si je te montrais une maison? Une place spéciale, où tu serais tout le temps libre d'être Nadia Larue, juste Nadia Larue?

Nadia fait volte-face, prête à le rembarrer.

— C'est quoi, cette histoire-là?

— Je parle d'un endroit où tu peux faire ce que tu veux, avoir du fun, sauter sur le divan, mettre la musique au bout!

— J'ai tout ça chez mon père, réplique-t-elle en haussant une épaule.

— Mais les amis, hein, les amis?

Nadia se rembrunit.

— Je sais pas de quoi tu parles.

— Je vais tout t'expliquer en chemin, insiste Scooter. C'est pas trop loin d'ici, on en a pour quelques minutes.

— Bon, cède Nadia devant son air suppliant. Montre-la-moi, ta bicoque. J'ai rien d'autre à faire de toute façon.

— Tu vas voir, elle est géniale! Il y a même un petit jardin derrière, avec un patio en briques.

Poussant son vélo, Scooter l'entraîne à travers les rues en empruntant tous les raccourcis que son expérience de camelot lui a fait découvrir. Nadia le suit en silence, surprise de son enthousiasme à vanter les mérites de la future maison des jeunes.

Avec son toit pointu, ses volets écaillés, son perron déglingué et son parterre envahi de folles herbes, le petit cottage plaît instantanément à Nadia.

— Bienvenue à l'Abri! claironne Martin en sautant sur la première marche, qui émet un craquement inquiétant, tout comme son genou amoché.

Lové sous le perron, le chat gris sent son poil se hérisser. Mais telle une main caressante, le rire doux de Nadia pénètre sa cachette, s'insinue sous sa fourrure et lui procure un profond sentiment de réconfort. Fermant les yeux, il se met à ronronner.

6

Mélodrame

— **B**onjour, ma chérie, murmure Charles en levant le nez de son journal. J'ai quelque chose à te dire avant que…

— Je sais, il y a une poulette dans ton lit! réplique Nadia en attrapant un croissant dans la corbeille.

La porte de la chambre paternelle a beau être fermée, elle a tout compris en apercevant les talons hauts et le sac assorti dans l'entrée.

Son père lui jette un regard navré.

— Mesure tes paroles, Nadia. Solange est une amie très chère et…

— Très chère, comme dans «carnet de chèques»? ironise l'adolescente.

Pour Charles, c'est la goutte qui fait déborder le vase.

— Dans ta chambre, et restes-y jusqu'à nouvel ordre!

Sa voix est calme. Trop bien contrôlée.

— Je peux pas! proteste Nadia. Je suis déjà en retard, Scooter m'attend.

— Il attendra! tranche son père.

— Ma chambre, c'est à Sherbrooke qu'elle est! Si tu veux que j'y retourne, t'as qu'à me payer mon billet!

Impassible, Charles lui montre la porte.

Fuyant la salle à manger, elle entre en collision avec la robe de chambre en soie bourgogne de Charles, qui contient de peine et de misère les formes rebondies de la dénommée Solange.

— Allô, toi!

L'adolescente éprouve un choc en reconnaissant madame Campeau, la bibliothécaire du quartier, qui l'a souvent conseillée dans ses choix de lectures. Elle se sent trahie. La seule personne avec qui elle a eu un contact agréable pendant ce long été solitaire est maintenant passée à l'ennemi.

— Bien dormi? réplique-t-elle en dévisageant effrontément Solange.

Elle est consciente d'exagérer, mais c'est plus fort qu'elle. Montant l'escalier quatre à quatre, elle claque la porte de sa chambre.

Dans son cadre de carton, Jacinthe lui sourit d'un air coquin.

— T'as donc bien fait de divorcer de lui quand j'étais bébé! Il est insupportable! crie Nadia en se jetant sur son lit.

Pour passer sa rage, elle découpe sa carte de bibliothèque en menus morceaux, qu'elle lance en l'air comme autant de confettis.

— Bon débarras, la Solange!

Mais la Solange est libre comme l'air, elle, ce qui rend le confinement de Nadia encore plus humiliant. Comme ils doivent parler d'elle, en bas… Le pédagogue et la bibliothécaire. Beau petit couple!

Et Scooter qui l'attend à l'Abri… Impossible de l'avertir: la ligne téléphonique n'est pas encore branchée là-bas. Le camelot n'a même pas de cellulaire, il économise! Il ne reste que la télépathie, mais même si Nadia savait comment s'y prendre, sa colère contre Charles brouillerait les ondes!

Laissant Scooter se dépêtrer avec le mystère de son absence, elle décide d'appeler sa mère. Ce n'est pas simple. Il faut respecter l'horaire établi par la clinique et la conversation est minutée, pour ne pas dire limitée. Certaines fois, Jacinthe a la voix pâteuse ou lointaine, les idées brumeuses. Les médicaments, sans doute. Leurs conversations sont décevantes. Elles ne savent pas quoi se dire. Elles manquent de repères. Chacune sait où se trouve l'autre – dans un établissement de santé, chez Charles Meury – sans avoir jamais vu l'endroit en question.

On la fait poireauter en ligne. Nadia marche de long en large, et son reflet dans le miroir capte soudain son attention. Comme elle ressemble à sa mère! C'est la première fois qu'elle s'en rend compte.

Une voix désincarnée lui annonce que madame Larue n'est pas «disponible» pour l'instant.
Très déçue, Nadia laisse un message, un simple
bonjour à transmettre. Elle rappellera plus tard.

Un pas dans l'escalier, deux légers coups à sa
porte : c'est Charles. Alors qu'elle s'attendait à un
sermon en règle, il se contente de trois mots.

— Tu peux sortir, annonce-t-il d'une voix
neutre avant de tourner les talons.

Nadia se sent soudain très seule, livrée à elle-
même. En revêtant une carapace de froideur,
Charles lui fait comprendre que sa patience a
atteint la limite du supportable. Il n'en peut plus
du comportement de sa fille, il la laisse tomber.

C'est le cœur gros qu'elle quitte la maison
silencieuse, comme désertée par toute forme de
vie. Charles est enfermé dans son bureau, Marie-
Marthe dans sa cuisine, et les souliers de Solange
ont disparu de l'entrée.

7

Intermède

Le Faubourg St-Rock tourne au ralenti en ce samedi matin d'octobre. En marchant vers l'Abri, Nadia se sent encore plus seule, isolée du reste du monde. Si Scooter ne l'attendait pas, elle poursuivrait son chemin en ligne droite, sans s'arrêter, jusqu'au bout… mais au bout de quoi?

Elle fait un détour pour éviter de passer devant la bibliothèque.

Bien que l'établissement n'ouvre ses portes qu'à midi, Nadia redoute de croiser Solange.

Une pluie fine détrempe ses vêtements, la glaçant jusqu'aux os. C'est en frissonnant qu'elle pousse la porte de l'Abri. Une odeur de peinture assaille ses narines. Scooter sifflote en badigeonnant le plafond de la grande pièce commune. Ses cheveux blonds sont striés de mèches blanches.

— Tu vas faire un beau petit vieux, commente Nadia.

Sa voix rauque résonne dans la pièce vide et fait sursauter Scooter, qui l'accueille avec un large sourire.

— Je t'attendais plus, je pensais que tu avais changé d'idée.

Nadia hausse les épaules, s'accroupit devant une bâche où s'alignent pinceaux, chiffons et bidons de peinture. Ses mains tremblent. Elle a si froid que ses dents claquent.

Scooter dépose son rouleau et s'agenouille près d'elle. Après une seconde d'hésitation, il commence à lui frotter le dos. C'est leur premier contact physique. Nadia se raidit légèrement, puis se détend. Peu à peu, une délicieuse sensation de chaleur envahit ses membres. Son sang recommence à circuler dans ses veines.

— Ça va mieux, soupire-t-elle. Merci, Scoot.

Ce diminutif de son surnom, qui crée une nouvelle intimité entre eux, ravit Martin.

Fouillant dans un tas de chiffons propres, il déniche une vieille serviette, raide et pelucheuse, et la lui tend.

— Sèche-toi vite. Sinon, tu risques d'attraper ton coup de mort, comme dirait ma m… madame Labrie.

Une rougeur envahit son cou et ses oreilles. Il a failli dire « ma mère », et s'étonne secrètement de ce presque lapsus.

Comme Nadia avoue avoir oublié ses vêtements de peinture, il extirpe du tas de chiffons une antique chemise à carreaux mauves et verts ayant appartenu à Jacques Labrie.

Nadia l'enfile et s'esclaffe en écartant les bras :

— Je dois ressembler à un épouvantail, là-dedans!

Martin, au contraire, la trouve ravissante, sans oser le lui dire. Mais son expression est si éloquente que Nadia en reste intimidée.

— Ça t'ennuierait de garder la maison cinq minutes? demande-t-il. Je sauterais sur mon *bike* et j'irais nous chercher deux bons chocolats chauds au dépanneur.

L'offre est trop alléchante pour qu'elle la refuse.

En attendant le retour de son copain, Nadia s'installe sur la plus haute marche du perron. La pluie a cessé, cédant la place à un soleil timide, mais caressant. Elle libère ses cheveux noués en queue de cheval, penche la tête et passe la main dans les boucles humides pour les faire sécher plus rapidement.

— Ah ben, si c'est pas la princesse devant son château! ricane une voix.

Levant brusquement la tête, Nadia aperçoit le Cobra en compagnie de Face-de-Rat. Ce dernier transporte une caisse de bière, qu'il dépose sur le trottoir. Ils n'ont pas l'intention de s'incruster, quand même?

— Un château, ça? raille le blond aux dents jaunes. On dirait la cabane des sept nains!

— Faites de l'air! rage Nadia. J'ai assez de vous supporter dans ma classe sans vous avoir sur le dos les fins de semaine!

Mais sa colère stimule les deux guignols. Le conflit est leur terrain de jeu préféré, ils y règnent en maîtres.

— Là, tu nous fais de la peine, ben, ben de la peine…, ironise le Cobra en échangeant un regard entendu avec son complice.

— On est venus en amis, nous autres…, renchérit celui-ci. T'aimes pas la visite, grosse tête rouillée? On n'est pas regardants, même si tu fais aussi dur que ta cabane.

Rageant de son impuissance à leur rabattre le caquet, Nadia bondit vers la porte dans l'intention de se barricader à l'intérieur.

Sa main rencontre une résistance. Merde, c'est verrouillé! C'est dehors qu'elle s'est enfermée.

Les deux garçons s'esclaffent. En deux enjambées, Face-de-Rat se retrouve sur le perron, lui soufflant son haleine empestée de bière dans le cou.

— Besoin d'aide?

Prise de court, Nadia tambourine de toutes ses forces sur le panneau de bois en appelant:

— Papa! Ouvre-moi! Papa!

Il n'en faut pas plus pour faire détaler ses deux tourmenteurs. Dès qu'ils ont tourné le coin de la rue, Nadia se glisse furtivement vers la cour, où une fenêtre relevée – Scooter a dû l'ouvrir pour chasser l'odeur de peinture – lui permet de réintégrer l'Abri. Comme elle porte bien son nom, cette petite maison sans prétention!

Secouée par sa mésaventure, Nadia fait le tour des lieux, s'imprégnant de l'atmosphère paisible.

Le plancher de lattes émet des craquements ami-caux sous ses pas. En montant l'escalier aux marches usées, elle songe à tous ces gens qui ont dû l'emprunter au fil des années. La vieille rampe est lisse sous sa paume, patinée par le frottement d'une multitude de mains. Dans la plus petite pièce du haut, un papier peint à moitié décollé, aux motifs de poupées anciennes, la séduit : quelle petite fille a vécu, dormi, rêvé entre ces murs ?

Nadia redescend. Petit à petit, son souffle s'est régularisé, les battements de son cœur ont diminué d'intensité. La maison l'enveloppe, telle une couverture chaude.

Elle a visité toutes les pièces et s'apprête à jeter un coup d'œil à la cave, quand un bruit de clef dans la serrure lui fait dresser les cheveux sur la tête. Sa frayeur est de courte durée : Scooter apparaît, porteur de deux gobelets fumants dans un support de carton. Nadia est si contente de le revoir qu'elle lui sauterait au cou.

— Excuse-moi si ça a été long, il y avait une filée de gens à la caisse du dépanneur. Tu as bien fait de verrouiller la porte derrière toi, approuve-t-il en lui tendant son chocolat. On n'est jamais trop prudent.

Nadia lui sourit. Il ne croit pas si bien dire !

Dans la cave, sous leurs pieds, un mulot trot-tine silencieusement, tournant de gauche à droite sa petite tête au museau pointu. Un arrêt… ses moustaches frémissent. L'odeur du chat précède son ombre, qui s'empare du rongeur et l'emporte d'un bond derrière une pile de caisses.

8

Coup de théâtre

De retour chez son père, vers une heure du matin, Nadia traverse à pas feutrés la cuisine sombre. Ses chaussures à la main, elle passe devant la salle à manger déserte et s'aventure avec précaution vers l'escalier menant à sa chambre. Ses mains sentent la térébenthine, une odeur qui pourrait la trahir.

Elle a dépassé de beaucoup son heure habituelle de rentrée, mais ce matin, à cause de ce stupide incident avec Solange, Charles ne lui a pas renouvelé la consigne. C'est tout juste s'il ne l'a pas mise lui-même dehors avec son « tu peux sortir » digne d'un tragédien ! Elle s'est donc sentie libre de le défier une nouvelle fois en rentrant à l'heure qui lui plaît. Mais à présent, après l'avoir bravé, elle se sent beaucoup moins courageuse. En fait, elle n'est plus sûre de rien.

Trois pas dans le couloir recouvert d'une épaisse moquette… Nadia se glisse sans bruit dans la salle d'eau et, sans allumer, tâtonne à la recherche d'aspirine. Sa mémoire visuelle la guide et, dix secondes plus tard, elle empoche le tube. Trois nouveaux pas, un arrêt pour tendre l'oreille et se frotter la tempe.

Un début de migraine lui donne un léger vertige, son estomac souffre du mal de mer. Il y a de quoi : après le chocolat chaud de l'après-midi, suivi d'un sac de crottes de fromage, Scooter et elle ont commandé une énorme pizza aux fruits de mer, dont ils n'ont pas laissé une miette. Mais c'est surtout leur conversation qui a dérangé Nadia. Au dessert, en croquant une barre de chocolat, Martin lui a appris une nouvelle qui lui est restée bloquée dans la gorge.

Il y a de la lumière dans le bureau de Charles. Son fauteuil pivotant est tourné vers la fenêtre aux stores baissés. Aucun bruit, pas même le bruissement d'une page de livre, ne trahit sa présence. Nadia passe en douce. «Traître», murmure-t-elle entre ses dents.

Parvenue sans encombre à sa chambre, elle se jette habillée sur son lit pour mieux remâcher son indignation.

Ils étaient si bien, Scooter et elle, dans la petite maison… Elle avait repeint en rouge les armoires de cuisine. Le vieux linoléum noir et blanc en paraissait tout rajeuni. Nadia se sentait chez elle et son moral avait remonté d'un cran. Scooter chantait faux, déployait une énergie considérable à son travail et plus encore à réparer ses gaffes. Il la faisait rire, ce qui ne lui était pas arrivé depuis très, très longtemps.

Et puis… il y a eu cette question, entre deux bouchées de chocolat.

— As-tu l'intention de te présenter aux auditions ? lui a demandé Scooter.

— Qu'est-ce que j'irais faire aux auditions de Star Académie ? s'est étonnée Nadia. Je chante comme un pied.

— Sur quelle planète tu vis ? Je te parle de la pièce de théâtre que ton père va monter avec les élèves de secondaire 3. Il a fait deux annonces hier, à l'intercom !

Nadia n'a rien entendu, et pour cause. Elle était absente, une fois de plus, ayant séché les deux derniers cours de la journée. Mais tout de même, Charles aurait pu la mettre au courant avant tout le monde, ils vivent sous le même toit ! Il ne veut pas d'elle dans sa pièce, c'est clair. Sans doute une façon de se venger des tracasseries qu'elle lui fait subir depuis son arrivée au Faubourg.

Ayant épuisé toutes ses larmes, Nadia finit par s'endormir, sans avoir eu le courage de passer un pyjama. Il est 3 h du matin lorsqu'elle se réveille, la tête douloureuse, le corps courbaturé, en sueur. Sa gorge est nouée, ses oreilles bourdonnent. La lampe de chevet est restée allumée, mais la faible lumière qu'elle projette est comme entourée d'un halo sombre. Prise de vertige, Nadia se frotte les paupières. C'est encore pire : le halo se dédouble, tandis qu'une multitude de points lumineux dansent devant ses yeux.

Au prix d'un gros effort, elle quitte son lit et se traîne vers la porte. En passant devant le miroir, sa pâleur fantomatique et son regard cerné de noir lui arrachent un gémissement de panique. Ce n'est pas possible, elle est gravement malade, elle est en train de mourir !

— **Papa !**

C'est plus fort qu'elle. Vers qui se tourner lorsque la vie nous fuit, lorsque tout s'écroule autour de soi ?

La maison silencieuse émet quelques craquements, mais aucun bruit de pas, aucune voix amie ne répond à l'appel de Nadia.

S'appuyant aux meubles, elle réussit à franchir un espace mouvant, qui menace de s'ouvrir sous ses pieds et de l'engloutir à jamais.

L'escalier, faiblement éclairé par une veilleuse, lui semble un gouffre vertigineux. Le cœur au bord des lèvres, elle s'accroche à la rampe et franchit une marche après l'autre en forçant ses jambes à lui obéir. Un pas, encore un autre…

Le tapis du couloir forme sous ses pieds des ondulations traîtresses. Dans sa chambre près de la cuisine, Marie-Marthe ronfle bruyamment. Nadia passe tout droit, elle veut son père ! Elle a besoin de lui. Il est le seul à pouvoir la sauver.

— Papa, papa, papa, halète-t-elle, et son cœur bat au rythme de ses tempes brûlantes.

Mais Charles n'est pas dans son lit. Où peut-il être, à cette heure de la nuit? Chez Solange, évidemment! en déduit Nadia en s'écroulant sur le matelas. Elle n'a pas la force de s'en indigner. Tant pis pour lui, il la trouvera raide morte en rentrant au petit matin.

Quelques secondes plus tard, un sursaut de révolte détend son bras comme un ressort vers le téléphone posé sur la table de chevet. Elle ne va pas mourir si jeune, ah non!

Tapotant nerveusement les touches, Nadia compose le seul numéro qui lui vient à l'esprit, celui de Scooter ou, plutôt, des Labrie.

Quatre, cinq, six sonneries… Pour l'amour du ciel, réveille-toi! Sept, huit… Nadia s'accroche au fil du téléphone comme si c'était le fil de sa vie.

9
Dans le rôle du héros

Les pantoufles de Gilberte Labrie se heurtent aux pieds nus de Scooter dans l'encadrement de la porte de cuisine. La sonnerie insistante résonne lugubrement dans la nuit. En plus d'y voir un manque flagrant de savoir-vivre, Gilberte associe les appels nocturnes aux mauvaises nouvelles et aux catastrophes.

— Qui ça peut bien être à une heure pareille ? gémit la brave femme en contemplant l'appareil qui s'entête à sonner. Paralysée de frayeur, elle empêche Martin de passer, s'accroche à ses épaules.

— Laissez-moi répondre ! grogne Jacques Labrie dans leur dos, furieux de cette intrusion dans son sommeil.

— Allô !

— Scoot… Viens vite!... Vite, Scoot!

Décontenancé par cette voix mourante, monsieur Labrie se tourne vers Martin et lui plaque le récepteur sur l'oreille. Au bord de l'évanouissement, son épouse se rapproche de lui.

À quelques rues de là, à demi couchée sur le lit de son père, Nadia sent sa gorge enfler, son estomac se contracter.

— **Nadia?** hurle Martin. Où est-ce que t'es? Qu'est-ce que t'as?... Bouge pas, je saute sur mon *bike* et j'arrive!

— Vas-tu nous dire ce qui se passe? s'inquiète monsieur Labrie en suivant Martin vers sa chambre. Ta mère… Gilberte est morte d'inquiétude!

Secoué de nausées, l'adolescent enfile ses vêtements avec des gestes saccadés.

— Nadia est malade! Elle a besoin de moi!

— Tu peux pas sortir en pleine nuit comme ça! Laisse-moi le temps de m'habiller, je t'accompagne en voiture.

Mais Scooter est déjà loin, pédalant de toutes ses forces dans les rues désertes, le corps tendu comme un arc. Jamais son vélo n'a filé à une telle allure.

— Nadia, meurs pas, meurs pas! lance-t-il dans un grand cri, et l'écho de sa voix joue au ping-pong entre les immeubles.

Enfin, la maison des Meury. La lourde porte d'entrée est verrouillée. Scooter sonne et frappe à poings fermés.

— Nadia, ouvre-moi! Nadia!

60

Les phares éblouissants d'une voiture remontent l'allée et l'épinglent dans leur faisceau. Une portière claque, des pas se rapprochent.

— Qu'est-ce que tu fais là, toi?

— Monsieur Meury! Ouvrez vite! Nadia est mourante!

— Mourante?

Marie-Marthe, enfin réveillée par tout ce boucan, entrouvre la porte, un énorme rouleau à pâte brandi en direction des intrus. Scooter étouffe un rire nerveux, tombe à genoux et dégobille sur les chaussures de Charles.

(

— Intoxication alimentaire, diagnostique le docteur Chicoine. Pizza aux fruits de mer, d'après ce que j'ai pu comprendre. Ils ont eu de la chance, j'ai vu des cas plus graves. Gardez votre fille à la maison de 24 à 48 heures.

Charles Meury, qui n'en mène pas large, raccompagne le médecin à la porte. Il est 4 h du matin.

— Merci de vous être déplacé, docteur.

— Entre voisins, c'est normal. La petite aurait pu me téléphoner directement, vous savez, au lieu d'ameuter le quartier.

Charles lui serre la main et le suit des yeux tandis qu'il traverse la pelouse avec son sac noir. Une ombre se détache d'un buisson et vient se frotter aux jambes du gros homme, qui se penche.

— C'est toi, Ti-minne, viens, mon beau Ti-minne, viens voir pôpa…

Mais le chat se défile, et le docteur Chicoine rentre chez lui bredouille. Décidément, il n'a pas le tour d'apprivoiser les animaux errants.

Charles pénètre dans sa chambre sur la pointe des pieds. Pour mieux veiller sa fille, il n'a pas voulu qu'on la transporte là-haut. Il dormira sur le divan que Marie-Marthe, très malheureuse d'avoir failli à sa tâche de gardienne des lieux, est en train de préparer à son intention.

Nadia semble dormir.

— Tout va bien, chérie, murmure-t-il en lui caressant les cheveux. Ton héros va s'en remettre, lui aussi. J'ai téléphoné à monsieur Labrie, qui est venu le chercher en voiture.

Ouvrant les yeux, Nadia découvre un Charles méconnaissable, cheveux en broussaille, joues râpeuses de barbe et vêtements froissés.

— Papa, murmure-t-elle. J'ai dégueulé sur ton tapis.

— Un tapis, ça se nettoie. Dors…

— Où est Solange?

Charles soupire, s'assoit au bord du lit. Vu l'état de faiblesse de sa fille, il n'ose pas lui apprendre que le père de son amie vient d'être victime d'un infarctus et qu'il lutte en ce moment pour sa vie à l'Hôpital de Saint-Jérôme.

— Je l'ai reconduite dans le Nord, dit-il simplement.

— J'en fais, du désordre dans ta vie, hein ? soupire Nadia. Mais mon français s'améliore, tu demanderas à Durand.

Charles remonte la couverture sur ses épaules.

— Essaie de dormir… Je te laisse la veilleuse, et si tu as besoin de quoi que ce soit, je suis à côté.

— Bonne nuit, Charles. Je te souhaite beaucoup de succès dans ta pièce de théâtre.

C'est plus fort qu'elle. Même malade, elle a besoin de provoquer son père. Charles l'embrasse, sort de la chambre et Nadia sombre dans un sommeil agité.

D'un mouvement souple et silencieux, le chat gris saute sur le rebord extérieur de la fenêtre faiblement éclairée.

10

Les scénarios
de Stéphanie

Deux adolescents intoxiqués par une pizza aux fruits de mer, voilà une nouvelle qui ne fera pas les manchettes des journaux. Mais grâce au bouche-à-oreille, elle a rapidement fait le tour du quartier.

En effectuant ses achats de viande à la boucherie Girard, Gilberte Labrie a relaté l'incident à la mère de Stéphanie, ne lui épargnant aucun détail. Son mari, Jacques Labrie, très influent dans le quartier, menace la pizzeria fautive de poursuites judiciaires. Il y a de quoi : leur Martin et son amie Nadia, fille de ce charmant monsieur Meury, ont failli mourir d'indigestion.

— Monsieur Meury a une fille ? s'est étonnée madame Girard devant une poignée de clients qui

65

attendaient leur tour. Ma Stéphanie est dans sa classe de français, elle ne m'en a jamais parlé…

Le lendemain, c'est un jeu d'enfant pour Stéphanie Girard que d'identifier la seule fille de tout le troisième secondaire prénommée Nadia. C'est aussi la seule tête nouvelle à la poly, la rousse à qui Yannick a fait les yeux doux le jour de la rentrée. Ce qu'ils se sont dit ce jour-là sur le coin du boulevard, Stéphanie n'a jamais pu le savoir. Mais elle n'est pas aveugle, elle voit bien que la rousse a l'air de mourir d'amour chaque fois qu'elle passe près de son chum. Elle aimerait bien trop que la place soit libre, mais Stéphanie veille au grain. Personne ne met le pied sur son territoire.

Un détail, cependant, la chicote : après vérification, la Nadia en question ne porte pas le même patronyme que le prof de français. Elle s'appelle Larue. S'agirait-il d'une fausse rumeur ? De plus en plus intriguée, Stéphanie se jure d'en avoir le cœur net.

Malgré son exaspération chaque fois qu'elle voit Yannick tenter sans succès de capter l'attention de Nadia, elle a soudain très envie de devenir son amie. La fille de Charles Meury ! Avoir ses entrées dans la demeure de son prof préféré, voir où il vit, où il s'installe pour lire, pour manger… faire partie de son intimité… l'idée n'est pas pour déplaire à Stéphanie. Elle s'imagine déjà partir en week-end avec le beau prof, invitée à titre d'amie de sa fille.

L'amitié avec Nadia sera dure à jouer, à cause de cette rivalité sourde à propos de Yannick, mais

Stéphanie est une excellente comédienne. Elle a d'ailleurs l'intention d'auditionner pour un premier rôle dans la pièce de monsieur Meury. Ah, si elle devenait une habituée de sa maison, comme il lui serait facile d'influencer son jugement! Elle se sent prête à tout pour y arriver. Mais le temps presse. Les auditions auront lieu très bientôt.

— Sais-tu que j'en ai appris une belle à propos de la femme de ta vie? lance-t-elle à Yannick en s'attablant avec lui dans un coin retiré de la cafétéria.

Yannick réprime un soupir. Ce n'est pas la première fois que sa blonde fait une allusion de ce genre à propos de Nadia. Il n'ignore pas que Stéphanie n'attend qu'une réponse: «C'est toi, la femme de ma vie.»

— Décroche, Steph, se contente-t-il de répliquer. Je lui ai parlé une fois, tu vas pas en faire une histoire.

Stéphanie sourit, approche sa bouche de l'oreille de Yannick.

— C'est la fille de Meury.

Assise plus loin en compagnie de Scooter, Nadia voit Yannick lui jeter un bref coup d'œil et sent son estomac se nouer. Elle l'a encore évité aujourd'hui. Il ne l'intéresse pas, il lui est complètement indifférent. Alors, pourquoi ce pincement de jalousie chaque fois qu'elle aperçoit cette stupide blondinette pendue à son cou?

Martin lui caresse le dos de la main en espérant la ramener à lui. Elle a l'esprit ailleurs depuis leur mésaventure.

Mais Nadia ne regarde que Yannick, qui dévisage Stéphanie d'un air incrédule. Si elle entendait leur conversation, les cheveux lui dresseraient sur la tête.

— La fille de Meury? Tu déconnes! Elle s'appelle Nadia Larue.

— Je l'ai appris de source bien informée, insiste Stéphanie. Il cache sa propre fille, tu te rends compte! Mais je vais découvrir pourquoi. Je la trouve sympathique, moi.

— Laisse tomber, Steph, grogne Yannick, qui connaît bien le caractère de sa blonde et ne peut croire à cet engouement subit de sa part.

Elle, qualifier une autre fille de sympathique? C'est une première!

Mais Stéphanie est lancée. Quand elle désire quelque chose, c'est tout de suite, c'est même pour hier!

— Si on l'invitait à sortir avec nous? Martin est dans ta classe, tu pourrais nous organiser une sortie à quatre samedi soir. Oh, Yan, dis oui, tu serais chou! On irait au cinéma voir *Bon Cop, Bad Cop*.

Yannick est ébranlé. L'idée de se rapprocher de Nadia, de découvrir la raison de sa méfiance envers lui, ne lui déplaît pas. Mais il flaire quelque piège de la part de Stéphanie. Elle est si habile à créer des embêtements!

— D'accord, cède-t-il. Je vais voir ça avec Scooter. En attendant, retiens-toi de partir des rumeurs.

— Voyons donc, je veux juste apprendre à la connaître. Tu dis tout le temps que je n'ai pas le tour de me faire aimer des autres filles et que je devrais me forcer pour me faire des amies. Celle-là, au moins, est intéressante! Pas comme Mélanie Lalonde. Est-ce que je t'ai raconté le coup qu'elle m'a fait l'autre jour en classe de bio?

Tout en babillant – un vrai moulin à paroles –, Stéphanie échafaude un plan parfait dans sa petite tête bien organisée. Quel serait le meilleur moyen de devenir copine avec Nadia, d'acheter sa reconnaissance éternelle? Lui rendre un immense service, peut-être, lui procurer quelque chose dont elle rêve sans pouvoir l'atteindre. En retour, Stéphanie gagnera une amitié qui lui procurera un laissez-passer pour la résidence Meury, sans oublier un premier rôle dans la pièce de théâtre. Un simple échange, en somme. Donnant, donnant.

Elle n'a pas besoin de se questionner longtemps avant de découvrir l'objet de cette monnaie d'échange: il se trouve devant elle et l'écoute patiemment, comme toujours, déballer les ragots et les potins dont elle a la spécialité. S'il soupçonnait le scénario que mijote son petit cerveau compliqué! Nadia veut Yannick? Yannick elle aura, foi de Stéphanie Girard. De toute façon, il commence à lui tomber sur les nerfs et, face au séduisant monsieur Meury, il ne fait pas le poids dans la balance.

11

Double emploi

Le beau prof de français endosse en ce moment un rôle dans lequel il se sent de plus en plus
mal à l'aise et qui le gêne comme un veston trop
serré. Sa piètre performance parentale est à l'ordre
du jour ; il en est profondément humilié.

Le directeur n'entend pas à rire au chapitre de
la discipline.

— Je vous signale les retards à répétition de
votre fille, qui semble se faire un point d'honneur
de ne jamais être à l'heure à son premier cours de
la journée, quel qu'il soit. Je ne comprends pas,
Meury. Les nombreux rappels à l'ordre qu'elle
reçoit ne donnent aucun résultat. Imaginez le
chaos si chacun de nos 2500 élèves s'entêtait à ne
suivre que son horaire personnel ! J'ajoute que

le dossier de Nadia comporte déjà deux absences non motivées.

Charles tombe des nues et se morigène en silence. Quel genre de père est-il donc pour ignorer les allées et venues de sa fille? Il a voulu respecter son intimité, son besoin de se créer une bulle en dehors de lui. Il a tenu à la laisser libre de ses mouvements. À sa demande expresse, il a cessé de lui offrir un transport pour l'école. Pour éviter de l'embarrasser, il ne la salue pas lorsqu'il la croise dans les corridors de La Passerelle. Il ne la questionne jamais sur ses sorties, ne lui impose aucun couvre-feu. Il réussit à rester calme, patient et courtois face à ses grossièretés et impertinences. Et elle le nargue! Elle le déteste! Pour finir le plat, elle lui fait honte à la polyvalente, qui se trouve être également son milieu de travail!

Il comprend à présent cette histoire d'auditions. Il tenait à ce qu'elle l'apprenne à l'école, puisque leurs rapports ne justifient pas un traitement de faveur. Qu'elle n'ait pas été mise au courant en même temps que les autres s'explique maintenant par un retard ou une absence non motivée. Mais que fait-elle donc toute la journée lorsqu'elle sèche ses cours? Il ignore qu'elle se réfugie à l'Abri, dont Scooter lui a remis une clef.

S'il n'était pas si bien entraîné à présenter une image d'homme sûr de lui, monsieur Meury frapperait à coups de poings le bureau du directeur, hurlerait sa frustration de «père battu». Car il se sent battu, avant même d'avoir assimilé les règles du jeu! Qu'on lui accorde au moins une chance! Il en a marre! Il va exploser!

— Eh bien, Charles? Que comptez-vous faire? insiste le directeur.

— Parler à ma fille et m'assurer que le message passe. Je vous rappelle seulement les circonstances de son déménagement. Elle se sent un peu perdue dans sa nouvelle vie, plaide-t-il.

Le directeur Houde est très peu disposé à se laisser attendrir.

— Madame Visvikis me faisait remarquer, pas plus tard qu'hier, l'isolement dans lequel votre fille se confine. On la voit souvent seule, ou en compagnie du jeune Gonthier. Nadia gagnerait sûrement à se faire une ou deux bonnes copines à qui elle pourrait se confier.

Charles ne voit pas en quoi une amitié féminine serait supérieure à une amitié masculine. Mais ce n'est pas le moment de contredire le directeur. Il hoche la tête et sort du bureau en se retenant de claquer la porte.

Pendant l'heure qui suit, entièrement captif de ses élèves qui le pressent de questions au sujet de la pièce de théâtre et des auditions prochaines, monsieur Meury se dépouille de son veston de père pour endosser celui de prof, qui lui va, celui-là, à merveille.

Stéphanie Girard, une de ses élèves les plus attentives, qui semble boire la moindre de ses paroles, l'accapare après le cours en prétextant avoir besoin d'explications supplémentaires au sujet d'un oral. Il les lui donne gentiment. Elle aborde ensuite le chapitre des auditions. Il l'encourage à y participer et l'assure de son soutien. Il ne sera pas seul juge, cependant. Il ne peut non plus favoriser qui que ce soit au détriment des autres.

— Pas même votre fille? roucoule Steph en baissant le ton et en se rapprochant légèrement de lui.

Charles a un mouvement de surprise.

— Tu connais Nadia?

Stéphanie a du mal à cacher sa joie. La question de monsieur Meury confirme la rumeur. Nadia est bien sa fille!

— On se voit tous les jours à la café, réplique-t-elle.

Très habile dans l'art de manipuler les gens, Stéphanie n'en dit pas davantage. Elle vient de semer une petite graine, il faut lui donner le temps de germer. Pourvu que Yannick réussisse à convaincre Martin au sujet de la soirée cinéma... Monsieur Meury la verra bientôt en amie de sa fille, la traitera sans doute plus familièrement, ce qui ne peut pas nuire à leurs futures relations.

Elle ignore à quel point elle tombe pile. Charles a encore en tête les paroles du directeur à propos d'une amitié féminine pour sa fille. Son esprit torturé par la situation tente de démêler tous les fils du canevas. Nadia le déteste, Nadia manque l'école, Nadia veut faire du théâtre, Nadia a besoin d'une amie.

Son regard glisse vers le jean artistiquement troué de Stéphanie – une mode chérie par les ados, qui alimente bien des débats — et se rend compte qu'il se moque complètement de l'apparence extérieure de ses jeunes. Ils pourraient bien se présenter en classe avec les cheveux verts, Charles ne porterait aucun jugement et accepterait cette originalité comme faisant partie du monde de l'adolescence. Ses élèves, il les aime tels qu'ils sont. Serait-il plus critique envers sa fille ? Trop critique ?

En fin d'après-midi, alors qu'il roule en voiture vers sa demeure, une question troublante le taraude : pourquoi ses compétences parentales ne sont-elles pas à la hauteur de ses compétences professionnelles ? Il n'a aucun problème d'autorité avec ses jeunes, mais sa fille du même âge lui donne du fil à retordre. Ce double emploi de prof et de père est loin d'être facile à jouer. Il a l'impression de marcher sur des œufs.

Quel rôle harassant que celui de père à plein temps ! S'il avait dû passer des auditions pour être jugé sur ses compétences parentales, il n'aurait jamais été sélectionné. On lui aurait probablement ri au nez.

Voilà dans quel état d'esprit se trouve Charles Meury quand sa voiture amorce un virage sur les chapeaux de roues dans l'entrée de sa maison.

Étendu de tout son long sous le panier de basket, le chat gris lâche l'araignée qu'il taquinait et bondit vers la haie de cèdres, juste à temps pour éviter l'écrabouillement.

Tremblant de peur sur ses hautes pattes, l'araignée se faufile sous la porte du garage. Charles entre chez lui en claquant la porte.

12

Dans les coulisses

Extrait du journal de Nadia Larue

Salut,

Ça y est, c'est arrivé, et j'avoue que je l'ai cherché : Charles et moi, on ne se parle plus depuis trois jours. Il endure ma présence, je supporte la sienne. Depuis qu'il a fait semblant d'accepter les excuses que j'ai fait semblant de lui donner, on fait semblant que tout va bien.

Mardi soir, après le souper, il m'a invitée à le rejoindre dans son bureau. Je me doutais bien de ce qui allait suivre ! Il m'a demandé poliment de m'asseoir. J'ai préféré rester debout.

Pendant une minute au moins, 60 interminables secondes, il m'a dévisagée sans dire un mot, l'air dur et fermé. J'ai soutenu son regard.

Quand Charles s'est enfin décidé à parler, j'ai eu droit à un sermon en règle. Il a exigé que je fasse preuve de ponctualité et d'assiduité en classe, et d'un minimum de décence (ce sont ses propres paroles, je n'invente rien!) dans mes rapports avec lui. Sa voix tremblait.

Je lui ai répondu qu'il ne pouvait pas m'obliger à être à l'heure, à moins de me forcer à monter dans sa bagnole tous les matins. Et qu'il était bien mal placé pour me parler de décence, après la parade en petite tenue de sa Solange.

Alors là, le pétard a éclaté. Il s'est mis à gueuler – oui, à gueuler! Qu'est-ce que tu dis de ça? Mon père, monsieur Parfait, s'est abaissé à me crier des noms : ingrate, révoltée, égoïste et gâtée!

J'ai failli claquer la porte de son bureau, mais ça n'aurait pas arrangé mes affaires. Charles aurait été capable de me priver de sorties pendant six mois! Comme il n'est pas question que je rate la soirée cinéma de demain avec Scooter et deux de ses amis, j'ai dit « pardon, papa » en baissant les yeux. Il a eu l'air assez surpris, merci, mais il n'avait pas d'autre choix que de m'accorder le bénéfice du doute.

J'ai une autre nouvelle, une bonne celle-là, et je la gardais pour la fin : Yannick et moi, on s'est enfin parlé, ce matin, à la café. Juste quelques mots : bonjour, ça va? avant que la cloche sonne, mais ça m'a remonté le moral. Pour une fois, sa blonde n'était pas dans les parages. J'espère qu'ils ont cassé! Je ne suis pas jalouse, mais cette fille-là, je ne peux vraiment pas la sentir!

Court extrait du journal de Stéphanie Girard

Allô journal,

J'ai quelque chose d'excitant à te confier : je suis géniale ! Mais tu le savais déjà, ha, ha !

Lettre de Charles Meury à Nadia Larue

Chère Nadia,

Je me suis laissé emporter par la colère. J'ai été dur avec toi, et je le regrette. Il semble qu'entre nous le fossé ne cesse de s'élargir.

Il ne m'est pas facile d'être ton père. C'est parce que je ne le suis pas. Enfin, pas biologiquement. J'aurais préféré que tu l'ignores toujours, mais dans les circonstances, tu seras sans doute soulagée de l'apprendre. Nous n'avons aucun lien de parenté, toi et moi.

J'ai épousé ta mère en sachant qu'elle portait l'enfant d'un autre homme : un de ses professeurs au collège, déjà marié et père de famille. Jacinthe était malheureuse, et je vivais de mon côté une rupture difficile. Notre tristesse nous a rapprochés. Notre union, qui se voulait consolatrice et rassurante, fut quand même une erreur. Tant de choses nous séparaient ! C'est d'un commun accord que nous avons divorcé, alors que tu commençais à peine à te tenir debout sur tes petites jambes. Je suis resté présent dans ta vie, de loin en loin, tout en sachant que ce n'était pas la solution idéale.

Quand Jacinthe est tombée malade, j'ai spontanément accepté de te prendre avec moi. « Je suis son père, après tout ! » me suis-je dit. Et, crois-le ou non, je le pensais réellement! Je le pense encore. Bien avant ta naissance, j'ai choisi de prendre un engagement envers toi. Personne ne m'y a forcé, et personne au monde ne pourrait m'inciter à le renier. Sauf... toi, Nadia.

Après toutes ces années, je te considère vraiment comme ma fille. J'éprouve pour toi un sentiment spécial, fait d'affection, de tendresse, d'inquiétude, de responsabilité. Mais je ne dois pas avoir l'âme d'un père, il nous manque les liens du sang pour nous rattacher l'un à l'autre.

Tu vas avoir 15 ans, tu n'es plus une enfant. Tu as voix au chapitre de ta vie. C'est pourquoi je t'écris cette lettre en souhaitant qu'elle t'aide à faire tes propres choix. Les miens sont clairs.

J'espère de tout mon cœur que tu me feras un jour l'honneur et le grand bonheur d'accepter d'être ma fille.

Charles

Charles Meury éteint la lampe de son bureau, fait pivoter son fauteuil de cuir devant le rectangle noir de la fenêtre. La lettre lui brûle les mains, il pose son front sur la vitre fraîche et ferme les yeux. Il souffre et se questionne sans trouver de réponse.

A-t-il le droit d'agir ainsi, de révéler à une adolescente un secret aussi troublant? Comment réagirait-elle à la lecture d'un tel aveu? En voudrait-elle à Jacinthe? Serait-elle encore plus révoltée, plus amère? Chercherait-elle à retrouver ce père inconnu qui n'a jamais soupçonné son existence et pour qui elle n'est rien? Le risque est énorme, Charles en est conscient.

Il a écrit pour alléger son cœur, pour mettre de l'ordre dans ses pensées, un peu comme on se confie à un journal intime.

Doit-il déchirer ces pages en petits morceaux?

Il pousse un long soupir. Nadia ne saura rien. Pas encore.

Le fauteuil tourne lentement vers l'intérieur de la pièce. Charles pose la lettre sur son bureau, où elle dessine un rectangle blanc. Sa main se tend vers le tiroir de droite, le tire en position ouverte, y glisse les feuillets. Un petit cercueil pour les mots de son cœur. Un tour de clef dans la serrure, son secret sera bien gardé.

Charles éteint la lampe et sort de son bureau obscur en se heurtant aux meubles comme un papillon de nuit à une ampoule.

Le chat gris, qui rôdait sous la fenêtre, pousse un miaulement plaintif.

13

Imbroglio

Yannick Lavoie, aussi calme qu'un poisson dans son aquarium, achève de boutonner sa chemise neuve et cherche une fragrance intéressante dans la collection de son père. Après quelques hésitations, il fixe son choix sur Drakkar Noir, un parfum qui lui rappelle Nadia, sans qu'il sache trop bien pourquoi. Comment pourrait-il deviner que c'est justement celui-là qu'elle utilise? Mais la mémoire olfactive est puissante, et Drakkar Noir, pour Yannick, évoque la chevelure rousse et les yeux verts de Nadia Larue. Il s'en asperge copieusement avant de passer prendre Stéphanie.

— Pouah! Tu empestes le macho! proteste la blonde tornade en ouvrant sa porte.

Yannick rougit, se penche pour embrasser Steph.

— Toi, tu sens la Fraisinette comme ma petite cousine de quatre ans! Es-tu prête?

— Ça fait au moins 15 minutes que je t'attends! Mais ça valait la peine, répond-elle en le détaillant de la tête aux pieds.

Il est très séduisant dans son jean noir et sa chemise Levi's. Stéphanie l'admire avec un pincement au cœur, puisqu'elle a secrètement décidé de renoncer à lui pour atteindre son but. C'est ce soir que se joue le premier acte de son scénario soigneusement planifié.

— On y va? lance Yannick. Scooter m'a donné une adresse où le rejoindre. C'est assez loin d'ici… mais à deux rues du cinéma.

— Chez Nadia?

Stéphanie sent ses joues s'enflammer. Aurait-elle la chance, déjà, d'entrer dans la maison du beau Charles Meury? Malgré son impatience, elle espère que non. Il ne faudrait surtout pas brûler les étapes! Elle doit d'abord mettre Nadia en confiance, se faire reconnaître comme une amie potentielle, une alliée. Elle a beau ne douter de rien, il lui faut au moins une soirée pour y arriver!

La réponse de Yannick la rassure, tout en l'intriguant au plus haut point.

— Non, c'est une maison inhabitée, à ce qu'il m'a dit. Scooter veut nous la montrer avant le cinéma. Je l'ai trouvé assez mystérieux, mais ça ne me surprend pas de lui, il est toujours embarqué dans toutes sortes de rêves.

— Ah…, murmure Stéphanie, elle-même perdue dans son univers intérieur.

Elle marche aux côtés de Yannick sans lui tenir la main. Il s'en étonne. D'habitude, elle est plutôt du genre collant, toujours accrochée à lui comme une sangsue.

— Qu'est-ce qui se passe? As-tu honte de te promener avec moi, coudonc? demande-t-il, plus amusé que dérouté.

— Ton parfum me dérange!

Elle n'a pas l'intention de se montrer familière avec lui, ce soir… ni pour un bon bout de temps.

— T'es pas obligée de me suivre à 10 pas, quand même! observe Yannick.

Il enfouit ses mains dans ses poches de veste. L'attitude de Stéphanie l'intrigue. Elle s'est comportée de manière plutôt bizarre ces derniers temps. Prétextant toutes sortes d'activités, elle a manqué leurs trois derniers rendez-vous à la café.

Malgré lui, Yannick revoit Nadia, si farouche, passant devant lui chaque jour et refusant de lui accorder le moindre regard. Hier, pourtant, ils ont échangé quelques mots. La glace est cassée.

Stéphanie ralentit le pas. Elle a beau posséder une imagination débordante, elle vient de réaliser que son scénario n'est pas encore tout à fait au point. Comment abordera-t-elle Nadia? Comment arrivera-t-elle à lui faire croire qu'elle n'est pas une rivale, mais une amie, que Yannick ne compte pas plus qu'un meuble à ses yeux et que Nadia peut se l'approprier avec sa bénédiction?

— Grouille, Steph! On va rater le bus!

Yannick lui prend la main et l'oblige à courir. Essoufflés par leur sprint, ils s'écrasent sur une banquette au fond de l'autobus bondé. Ils en ont au moins pour 10 bonnes minutes de trajet, et ils les passent en silence. Stéphanie se recroqueville dans son coin, les jointures blanches à force de serrer les poings. Des effluves insistants de Drakkar Noir flottent autour d'elle, lui donnant la nausée. Le front en sueur malgré la fraîcheur du temps, elle tente en vain d'ouvrir une fenêtre. Voyant qu'elle n'y parvient pas et qu'elle est sur le point de fondre en larmes, Yannick tend le bras et lève la vitre d'un coup sec.

$$C$$

Nadia frissonne devant la porte de l'Abri en attendant l'arrivée de Scooter. Elle a oublié la clef qu'il lui a confiée. Pour se réchauffer, elle fait les cent pas, s'arrêtant parfois pour taper du pied. Consultant sa montre, elle s'inquiète du retard de son copain. Elle déteste poireauter. S'il n'arrive pas d'ici cinq minutes, tant pis pour lui!

Le voici justement qui s'amène en courant, les cheveux encore humides de sa douche, le blouson ouvert, un pli de contrariété au front.

— Excuse-moi, je bricolais mon vélo et je n'ai pas vu l'heure passer.

— C'est fin pour moi! commente Nadia. Je suis gelée comme une crotte.

Scooter se hâte de déverrouiller la porte. La maison, qui n'est pas encore chauffée, leur jette au visage une haleine de peinture froide et humide.

C'est encore pire que dehors, mais avec un peu de lumière, l'atmosphère se réchauffe sensiblement.

Ils font ensemble le tour des pièces avec une satisfaction de propriétaires : cuisinette jaune serin aux armoires rouges, parsemées de marguerites dessinées par Nadia ; salle commune dans les tons de vert, plancher orange vif.

Ils ont fait le ménage du rez-de-chaussée le matin même, jetant vieux cartons, journaux tachés de peinture, lisières de tapisserie. Scooter a fixé des affiches aux murs. Il ne reste que les trois pièces du haut à terminer. On leur livrera des meubles usagés dans quelques jours, ainsi qu'un ordinateur tout neuf, cadeaux de généreux donateurs.

— J'aimerais tellement que ce soit ici, chez moi ! soupire Nadia en promenant sa main sur les boiseries encore collantes.

— Mais *c'est* chez nous ! réplique Scooter. Notre maison, notre abri, un endroit où on est libres… de se sentir libres.

— Bof ! La maison de tout le monde…

— Justement ! C'est ça qui est génial. On va pouvoir cuisiner, écouter de la musique, jouer à des jeux vidéo, regarder des films…

— Parlant de film, s'impatiente Nadia, es-tu bien sûr d'avoir donné la bonne adresse à tes amis ? Je déteste arriver en retard au cinéma.

— Pas de problème. Ils vont arriver d'une minute à l'autre, j'ai écrit l'adresse sur un papier que j'ai donné à…

— Cette idée de leur fixer rendez-vous ici, l'interrompt Nadia. Il me semblait qu'on devait garder le secret jusqu'à l'inauguration officielle. Tu vas finir par gâcher la surprise de monsieur Labrie avec ta grande langue.

— Pas de danger avec Yannick Lavoie, ce n'est pas son genre de commérer. Quoique avec Stéphanie, on ne sait jamais… Mais je vais les avertir de…

Les jambes de Nadia flanchent soudain, comme si elles étaient en guenille. Elle s'appuie au comptoir de cuisine. Sa tête bourdonne, son estomac se contracte. Non, ce n'est pas possible… Yannick et Stéphanie… Stéphanie et Yannick…

— Nadia ? Es-tu malade ? s'inquiète Scooter que sa pâleur effraie.

Il n'a pas le temps de réagir davantage qu'elle se jette sur lui, crachant sa fureur comme un serpent crache son venin.

— Espèce de… espèce de sale… tu le fais exprès… c'est pas croyable… me faire ça à moi… aaaaah ! Je te tuerais !

Horrifié, Scooter recule sans comprendre. Mais qu'est-ce qu'il lui prend, tout à coup ? Qu'est-ce qu'il lui a fait de si grave ? Il tente de l'entourer de ses bras pour l'apaiser, mais une volée de coups donnés au hasard accueille son geste.

— Arrête, arrête ! hurle-t-il en se frottant l'oreille.

C'est ce moment précis que choisissent Yannick et Stéphanie pour faire leur entrée.

— On a sonné, mais il n'y avait pas de réponse, et comme on a vu de la lumière…

14
Échange de rôles

Éperdue de honte, les cheveux défaits et les yeux cernés de mascara fondu, Nadia fonce vers l'escalier qu'elle monte quatre à quatre.

Stéphanie n'hésite qu'une fraction de seconde avant de la suivre. Laissés à eux-mêmes, les deux garçons se regardent d'un air embarrassé.

À l'étage, une porte claque.

— Ben, mon vieux…, murmure Scooter, encore secoué par la violence de l'attaque.

Yannick n'a surtout pas envie de se mêler de ce qu'il suppose être une querelle d'amoureux.

— Veux-tu une menthe? propose-t-il en fouillant ses poches. Il fait froid, hein? C'est à quelle heure, le film, déjà?

Et son regard monte jusqu'au plafond, comme pour chercher de l'aide de la part de sa blonde. Là-haut, c'est le silence…

Stéphanie avance à tâtons dans la pièce obscure où Nadia s'est réfugiée. Elle ne distingue rien d'autre qu'une forme accroupie, mais ses oreilles perçoivent un léger souffle, un reniflement, un sanglot ravalé.

Certaines choses sont beaucoup plus faciles à exprimer avec la noirceur pour complice. Stéphanie parle, sans avoir l'air de se préoccuper des mots, mais en les choisissant soigneusement pour bercer le désespoir de Nadia, endormir sa méfiance et son hostilité.

— Ah, les gars, sont tous pareils... Juste bons à nous faire enrager. Je sais pas ce que ton chum t'a fait, mais je vois bien que t'as de la peine. Je veux te dire que je suis de ton bord : entre filles, il faut se tenir.

— Martin Gonthier, c'est pas mon chum, proteste une petite voix gonflée de larmes. C'est juste un copain.

Stéphanie bute contre quelque chose de dur, une pile de planches sans doute, et se laisse choir par terre. Le moment est venu de frapper un grand coup...

— Moi, je viens de casser avec Yannick. C'était pas un vrai chum, on n'est jamais allés très loin, si tu vois ce que je veux dire...

Nadia ne voit rien du tout, elle comprend seulement que Yannick est libre.

— Vous sortez plus ensemble ? murmure-t-elle en se redressant légèrement.

Stéphanie fouille dans sa poche et lui tend un mouchoir. Le mensonge lui semble bien léger en ce moment, camouflé par la pénombre. Si Yannick savait ce qui se trame!

— Ben non. Mais on reste copains, c'est pour ça que j'ai accepté de sortir avec lui ce soir. J'avais le goût de te rencontrer aussi, on n'a jamais eu la chance de se parler, mais je te trouve sympathique.

Leurs yeux s'habituent à la pénombre, elles se sourient faiblement.

— Amies? demande Stéphanie en tendant la main.

— Amies, répond Nadia en lui effleurant le bout des doigts.

Stéphanie se félicite de ses performances de comédienne. Un peu plus et elle croirait à ses propres fables! Comme il lui a été facile de mettre Nadia dans sa poche. Dire qu'elle s'énervait pour rien. Et grâce à cet imbécile de Scooter – peu importe ce qu'il a fait pour provoquer la colère de Nadia –, l'affaire est dans le sac.

En bas, les garçons font pour la sixième fois au moins le tour des deux grandes pièces doubles, admirant les affiches, la couleur des murs, la grandeur des placards, et testant du talon la solidité du plancher de lattes.

Yannick est distrait. L'oreille tendue, il tente vainement de percevoir un murmure de voix là-haut. Qu'est-ce que les filles peuvent bien se raconter? Il n'est pas loin d'en vouloir à Scooter, qui semble responsable de la crise, et qui s'entête à lui expliquer, avec un enthousiasme forcé, la raison d'être de la maison, son utilité, la popularité qu'elle ne manquera pas de s'attirer auprès des jeunes.

Scooter ne parle que pour tenter de masquer son malaise. En réalité, son esprit est à cent lieues de tout ça. Il pédale à toute vitesse pour comprendre quelle bêtise de sa part lui a valu les foudres de Nadia.

Une odeur familière lui frappe soudain les narines : le parfum de Nadia ! Mais elle n'en met jamais autant. Tandis que là... c'est à couper au couteau. Il renifle, flaire, hume, trouve la source et demande brusquement à Yannick :

— Depuis quand tu mets du parfum de fille, toi ?

Ébahi, Yannick n'a pas le loisir de répondre. Les filles redescendent l'escalier en bavardant paisiblement, le visage rafraîchi et lumineux. Nadia gratifie Yannick d'un sourire timide, ignorant Martin qui ne sait plus sur quel pied danser. Il tente par une mimique d'attirer Nadia à l'écart, mais Stéphanie l'en empêche en glissant une main possessive dans la sienne.

Yannick ne sait que penser en voyant sa blonde s'accrocher à Scooter. Quelle soirée bizarre, et elle ne fait que commencer !

— On y va ? glousse Stéphanie en entraînant son malheureux captif. Tu vas m'expliquer pourquoi tu nous as donné rendez-vous dans une maison vide. Ça manque de meubles... Remarque que j'aime la couleur des murs, c'est plus gai que chez nous. C'est toi qui as choisi les teintes ? Par où on éteint la lumière ? Tu fermes la porte à clef ?

Dans leur dos, Yannick et Nadia échangent un sourire timide. Un effluve de Drakkar Noir les enveloppe, et continue de flotter dans la petite maison bien après leur départ.

Le chat gris se faufile dans la cave par un soupirail. Humant l'air avec satisfaction, il se roule en boule près d'une caisse vide et commence à ron-ronner.

15

La scène du baiser

Sauf pour quelques rares exceptions, tout va pour le mieux dans le meilleur des mondes au Faubourg St-Rock en cette mémorable journée d'octobre, qui s'annonce pourtant à peu près semblable aux autres.

Depuis l'épisode du cinéma, Nadia flotte sur un nuage rose, sans se demander par quel tour de passe-passe elle se retrouve flanquée d'une amie de fille qu'elle a détestée à première vue, et dont l'ancien chum est maintenant libre de devenir le sien.

Yannick n'a rien vu venir non plus, mais ce n'est pas son genre de se torturer l'esprit avec des questions existentielles. Il se contente de vivre le moment présent en attendant la suite des événements.

Charles bénéficie par ricochet de la belle humeur de Nadia. Retards et absences non motivées semblent choses du passé. Sa fille passe beaucoup de temps en compagnie de Stéphanie Girard. Dans les corridors de la poly, entre les cours, on les voit rarement l'une sans l'autre. Voilà de quoi satisfaire madame Visvikis et renforcer les théories de monsieur Houde sur les amitiés féminines. Le prof de français peut désormais se consacrer à ses cours et à la préparation des auditions pour la pièce de théâtre.

Scooter, lui, vient d'être expulsé de son nuage après avoir été secoué dans tous les sens. L'atterrissage est cent fois plus douloureux que n'importe quelle chute de vélo. Il a beau se creuser les méninges, il ne comprend toujours pas ce qu'il a bien pu dire, ou faire, pour s'attirer la colère de Nadia. Depuis leur sortie au cinéma, elle n'a d'yeux que pour Yannick Lavoie, et tous ses temps libres sont réservés à sa nouvelle copine Stéphanie.

Quel sport extrême que les relations entre filles et garçons! Mais, loin de le décourager, les obstacles renforcent la détermination de Scooter. Ce n'est pas la première fois qu'on l'abandonne, qu'on lui fait sentir qu'il est de trop. Mais cette fois, il a son mot à dire, et il le dira. En distribuant ses journaux, aux aurores, il a décidé d'avoir une conversation avec Nadia. Si elle ne veut plus de lui dans son décor, qu'elle l'avoue franchement, et il s'éclipsera.

Le premier cours du matin vient de se terminer. Stéphanie et Nadia se rejoignent près des casiers.

Stéphanie est fébrile : la deuxième étape de son plan est sur le point de se concrétiser.

Nadia lui a rapidement avoué son lien de parenté avec Charles Meury. On n'exclut pas sa meilleure amie de son quotidien ! Et, à moins de jouer les orphelines, on lui ouvre toutes grandes les portes de sa maison. Nadia s'est donc confiée à Stéphanie. La blonde tornade a manifesté juste assez de surprise pour rester crédible.

— Toi, la fille de mon prof de français ! Génial ! Je te jure que je vais garder le secret ! Notre premier secret d'amies !

Elle a intérêt à tenir sa langue. L'amitié de Nadia est la clef de son intrusion dans l'intimité de son idole. Dans quelques heures à peine, Stéphanie franchira pour la première fois le seuil de la maison de Charles. C'est tellement fou, tellement merveilleux, qu'elle sent le besoin d'en parler, de se faire rassurer.

— Tu es sûre que ça ne dérangera pas Ch… ton père, que je passe la soirée chez vous ? Si les autres filles de ma classe l'apprenaient ! Mélanie Lalonde en serait verte de jalousie !

— Voyons donc, j'ai le droit d'inviter qui je veux ! Mon père ne va pas te manger… C'est un homme comme un autre.

Nadia sourit intérieurement. Elle n'aurait jamais cru qu'elle prononcerait un jour ces mots. Un homme comme un autre, c'est beaucoup dire. Charles demeure pour elle un mystère, surtout depuis qu'elle sait par son amie à quel point il est cool en classe.

Stéphanie entreprend de ranger son casier pour dissimuler son air de triomphe. Ce soir, enfin, elle entrera par la grande porte chez monsieur Meury! Chez Charles… Elle marchera sur son tapis, mangera à sa table, respirera l'odeur de sa maison, son odeur à lui. Elle le verra dans son décor, détendu, sans cravate, attentif à elle seule, taquin, gentil… séduit?

L'imagination galopante de Stéphanie l'entraîne dans un univers chimérique, peuplé de miroirs déformants. Son intention première, qui était de décrocher un rôle dans la pièce de théâtre, s'est transformée en espoir de séduction. Stéphanie se croit amoureuse, elle n'en dort plus la nuit.

Scooter, qui rôdait autour des cases depuis quelques minutes, dans l'espoir de voir la blonde tornade s'éloigner, se décide brusquement à aborder Nadia.

— Je peux te parler une minute?

Nadia hésite, touchée par son air malheureux. Sa colère contre lui n'était qu'un feu de paille. Mais elle est embarrassée d'avoir à justifier son explosion; gênée de s'être détachée aussi vite d'un si bon copain; troublée d'être considérée comme une lâcheuse. Elle n'a plus le goût de s'occuper de l'Abri. Yannick accapare ses pensées, Stéphanie ne la lâche pas d'une semelle. Nadia ne se rend même pas compte qu'ils forment une sorte de ménage à trois.

— Tiens, s'lut, toi! lance Stéphanie en claquant la porte de sa case.

— Rien qu'un petit 30 secondes…, insiste Scooter en ne regardant que Nadia.

Sur un signe de son amie, Stéphanie s'éloigne à regret.

Nadia s'adosse à son casier en essayant de se composer une attitude neutre.

— Écoute, Scoot, euh…

Il avance un bras, s'appuie d'une main à la case et se penche vers Nadia. Un courant électrique lui traverse le corps, de la nuque aux talons. Tout ce qu'il avait préparé, répété soigneusement dans sa tête, s'évanouit d'un seul coup.

— Je t'aime, Nadia. C'est plus fort que moi, je veux rien savoir d'autre.

Il effleure de sa bouche frémissante les lèvres entrouvertes de Nadia. Un missile tombant sur la polyvalente n'aurait pas plus d'effet. Un sifflement strident interrompt le baiser.

— Wou-Hou-Hou!

— Eille, c'est à mon tour! hurle le Cobra.

— Prends un numéro! ricane Face-de-Rat en faisant mine de retenir son acolyte, qui se débat en tendant les bras vers Nadia.

La sonnerie annonçant le prochain cours retentit longuement. Encore sous le choc du baiser, son premier baiser, Nadia se bouche les oreilles.

Scooter avance, menaçant, vers le duo qui ne semble pas prêt à lâcher prise.

— Faites de l'air, mes p'tits baveux!

— Nadia Larue donne des *french* à tout le monde! C'est gratis! annonce Face-de-Rat, les mains en porte-voix.

Un petit attroupement se forme, quelques rires fusent. Scooter voit rouge. Saisissant Face-de-Rat au collet, il le soulève et le plaque contre un casier où il le maintient solidement.

— Excuse-toi, le cave! Excuse-toi *tusuite* ou je te fais ravaler tes paroles en même temps que ta gomme!

Nadia, aux prises avec le Cobra qui tire sur sa blouse en faisant des bruits de bouche dégueulasses, lui décoche un coup de pied au tibia.

— Lâche-moi ou tu vas le regretter!

Le petit groupe de spectateurs se disperse instantanément, comme soufflé par un vent de panique. Et pour cause...

— Dans mon bureau, ça presse! glapit une voix glaciale.

Boudinée dans son tailleur kaki, le commando Visvikis tient les belligérants en joue dans le faisceau de ses yeux noirs.

Scooter lâche brutalement Face-de-Rat qui s'écrase au pied du casier. Le Cobra enlève ses lunettes et les essuie avec son tee-shirt. Pendant trois secondes interminables, on n'entend que le souffle lourd de la directrice adjointe, dont la poitrine se soulève et retombe à une cadence impressionnante.

Humiliée d'être au centre d'une bagarre, Nadia se détache du groupe.

— Vous aussi, mademoiselle Meury! ordonne la Visvikis.

100

Meury ? Elle a bien dit Meury ? Cobra et Face-de-Rat échangent un regard machiavélique. Nadia sent ses jambes mollir.

Scooter lui prend la main et la porte lentement à ses lèvres en défiant du regard la directrice adjointe.

— Laissez-la partir. Elle n'a rien fait de mal.

— C'est ce qu'on va voir ! rétorque la Visvikis en le fusillant du regard. En attendant, suivez-moi, tous les quatre !

16

Entracte

— Ils ont été suspendus pour trois jours? répète Stéphanie, les yeux brillants d'excitation. Pauvre Martin, quand même. Tu parles d'une histoire! Avoir su, je serais restée avec toi, je me serais jetée dans le tas et je les aurais…

— T'aurais rien pu faire! l'interrompt Nadia, agacée. Ça ne sert à rien de se battre contre des cons pareils. Veux-tu une barre tendre?

— Je sais pas laquelle choisir, il y en a au moins quatre sortes!

— Prends-en une de chaque. Il y a des pommes, aussi.

Elles sont dans la cuisine, inspectant le contenu du garde-manger et s'improvisant un goûter substantiel. On soupe tard chez les Meury.

— Ton père n'est pas encore rentré? questionne Stéphanie de son air le plus innocent.

— Il est allé faire des courses avec Marie-Marthe. Je pense qu'on va avoir droit à un dessert spécial ce soir.

Stéphanie rayonne. Après l'incident du matin, elle s'attendait à ce que l'invitation chez Nadia soit annulée ou, à tout le moins, reportée. Si elle-même avait été impliquée dans une bagarre, son père l'aurait privée de sorties et de visites jusqu'à sa majorité!

— Ce que je comprends pas, reprend-elle en se versant un verre de jus, c'est pourquoi Scooter s'est battu avec ces deux zoufs-là. C'est vraiment pas son style de faire du trouble!

Nadia s'est bien gardée de mentionner le baiser de Scooter. C'est un événement intime, personnel, d'une douceur exquise. En attendant de pouvoir le décortiquer, elle le garde intact, au chaud, dans le secret de son cœur.

— Les deux cloches ont commencé à m'écœurer, réplique-t-elle. Il a voulu me défendre, c'est tout.

— Ils ont dû exagérer pas mal pour que Scooter pogne les nerfs.

Mais Nadia, qui déteste le potinage, n'est pas disposée à satisfaire la curiosité de son amie.

— On monte à ma chambre? Faut se grouiller si tu veux répéter ton texte pour les auditions.

— D'accord. Tu pourrais me brosser les cheveux, ça me détendrait.

— Je peux te faire une tresse française, si tu veux. Ou te mettre des perles, j'ai un appareil spécial.

— Ayoye! Qu'est-ce qu'on attend?

Les marches de l'escalier sont recouvertes de tapis rouge. En les gravissant, Stéphanie a le sentiment grisant de s'élever d'un cran au-dessus de la vie terne et routinière des autres filles de son âge. La chambre de Nadia, qu'elle devine luxueuse, sera sa loge de star académicienne; le rez-de-chaussée deviendra son podium. Dans une heure, coiffée, parfumée et parée, elle foulera de nouveau le tapis rouge, glissant vers la scène de sa vie rêvée. Les yeux de Charles seront ses projecteurs, son miroir fidèle et sa foule en délire.

Tout en coiffant Stéphanie, qui répète son rôle avec une agaçante voix de perruche – ce qu'elle peut jouer faux! –, Nadia revit en pensée l'étrange suite du petit drame dont elle est, bien malgré elle, devenue l'héroïne aujourd'hui.

La Visvikis, fonçant comme un tank, a lâché les trois garçons dans le bureau du directeur, lui laissant le soin de cuisiner les coupables. Nadia aurait préféré rester avec eux, pour apporter son témoignage, mais la Visvikis l'a obligée à la suivre jusqu'à son local, où elle s'est empressée de faire appeler Charles par la secrétaire.

Une boule dans la gorge, Nadia a compris qu'elle avait droit à une sorte de traitement de faveur, vu la position de son père à l'école. Encore des problèmes pour Charles... Elle n'osait même pas imaginer sa réaction.

Il est arrivé quelques minutes plus tard, la mine inquiète. En apercevant sa fille, pâle et muette, dans un coin, il a réprimé un soupir.

La Visvikis s'est tout de suite lancée dans des explications compliquées, d'où il ressortait que Nadia, non contente d'avoir provoqué une bagarre, y avait également pris part. Charles écoutait, bras croisés.

— Nadia? a-t-il dit, en se tournant vers elle.

Elle s'attendait à une réprimande, et il lui accordait le droit de parole!

Impatientée, la Visvikis a ouvert la bouche, mais Charles l'a battue de vitesse.

— Nadia? a-t-il insisté.

Elle s'est sentie rougir jusqu'aux oreilles.

— Ben... J'étais à ma case et Scooter... Martin Gonthier, est venu me parler... On s'est... comme embrassés. Puis les deux autres sont arrivés et se sont mis à déconner.

Son tout premier baiser à vie! C'est à elle seule qu'il appartient! Et il a fallu qu'elle le dévoile à son père en présence de la Visvikis!

Remarquant la déchirure de sa blouse, Charles a froncé les sourcils.

— Comment est-ce arrivé?

— Euh... Elle s'est déchirée quand... un des deux... gars a essayé de m... m'embrasser.

— De force? Il a voulu t'embrasser de force?

Nadia a acquiescé, le visage brûlant de honte.

— C'est ce qui se produit immanquablement quand on s'excite avec des garçons! est intervenue la Visvikis, qui n'en pouvait plus de se taire. Ils atten-

daient leur tour, imaginez un peu! En tout cas, c'est
ce que j'ai cru comprendre.

— *Vous avez* cru *comprendre? a répliqué*
Charles.

Son père confrontant la Visvikis! Nadia en serait
tombée de sa chaise!

— *On provoque ma fille alors qu'elle embrasse*
un ami, on la harcèle, on l'empoigne, on lui déchire
sa blouse sur le dos! Et vous voudriez qu'elle se laisse
faire sans réagir? Ce n'est pas un coup de pied dans les
tibias, madame, mais un bon coup de pied au cul que
ces deux guignols auraient mérité!

— *Monsieur Meury! s'est offusquée la directrice*
adjointe.

— *Papa?*

Un peu plus et Nadia lui suggérait de surveiller
son langage!

Le signal du souper tire Nadia de sa rêverie et
arrache un cri de surprise à Stéphanie.

— Quessé ça?

— C'est un gong! Mon père adore les chi-
noiseries, les vraies, je veux dire, pas les trucs de
magasins à une piastre. Au lieu de crier pour
m'avertir que le souper est prêt, il tape sur son
gong. Même quand j'écoute ma musique au bout,
je sens la vibration.

«Moi aussi, je les sens, les vibrations…», songe
Stéphanie en jetant un coup d'œil satisfait au
miroir avant de suivre son amie.

La secousse sismique est de courte durée. C'est
une scène de réconciliation qui se joue sous ses

yeux dans la salle à manger des Meury, lui coupant tous ses effets. Père et fille lui volent la vedette ! Au grand dépit de Stéphanie, ils se sourient par-dessus la table, échangent des regards complices, sont aux petits soins l'un pour l'autre. Elle, on la traite comme une invitée ordinaire, une habituée de la maison. Son cœur brûle de passion et on lui offre des petits pains chauds !

Elle ignore que Nadia vient d'enterrer sa hache de guerre. En tenant tête à la terrible Visvikis, au risque de se faire une ennemie jurée dans son milieu de travail, Charles est devenu le héros personnel de sa fille.

17

Monologues

Extrait du journal de Nadia Larue

Ouf… Steph est enfin partie, il a fallu que Charles aille la reconduire. Ils venaient juste de sortir de la maison quand Yannick a téléphoné. Avec tout ce qui s'est passé dans ma vie depuis ce matin, je l'avais comme oublié. J'ai d'abord cru qu'il appelait pour parler à Stéphanie.

Plus j'y pense, plus je trouve que c'est une drôle de situation. Moi, Yannick et Steph. Est-ce qu'elle est encore sa blonde, oui ou non? Elle jure que non, mais on ne peut même pas faire deux pas ensemble sans qu'elle nous suive, un vrai chien de poche!

Yannick avait entendu parler de la bataille. Toute l'école est au courant! Je n'avais pas le goût d'en discuter avec lui, j'avais juste envie qu'il libère la ligne pour que je puisse appeler Scoot.

Il n'y avait pas de réponse chez les Labrie. Je me demande comment ils ont réagi en apprenant la suspension de leur pensionnaire. Scoot est orphelin, ça je l'avais compris bien avant qu'il se décide à me l'avouer de lui-même. Comme il doit se sentir seul en ce moment...

Il m'aime! Il me l'a dit! Je sens encore ses lèvres sur les miennes, comme un papillon sur une fleur... C'est la plus belle chose qui me soit arrivée dans toute ma vie, et la plus triste aussi. Une seconde après, on nous séparait comme des criminels. J'ai peur que tout soit fini, qu'il ne veuille plus jamais me voir ou pire... qu'on le renvoie je ne sais trop où pour le punir d'une faute qu'il n'a même pas commise.

Oh, Scoot...

**Extrait du journal de
Stéphanie Girard**

C'est donc pas facile, la vie!

Je me suis arrangée pour partir tard, exprès pour que Charles se sente obligé de venir me reconduire. Je lui ai fait prendre un chemin compliqué pour l'avoir à moi toute seule le plus longtemps possible. Malheureusement, son cellulaire a sonné, on n'a même pas eu le temps de se dire deux mots.

Il a dit textuellement, et je cite:

— Ah, Solange! Comment va ton père? Tant mieux, tant mieux… Écoute, je reconduis une amie de ma fille et je fais un saut chez toi. Non, juste le temps d'une tisane. La journée a été longue. À tout de suite, mon chou.

Entendre ça sans tomber raide morte… Il a une Solange dans sa vie! Pauvre chou, avec un prénom pareil elle doit avoir au moins 102 ans, comme la Solange Campeau de la bibliothèque! C'est peut-être elle, au fait! Et moi, moi, je suis qui pour lui? *Juste une amie de sa fille!*

Mais je n'ai pas dit mon dernier mot, oh non!

18

Répétitions

En pénétrant dans la cafétéria ce vendredi matin, après trois longues journées d'absence, Scooter soupire de soulagement. Pendant son isolement forcé, il a épuisé une grosse partie de ses énergies à convaincre Gilberte Labrie qu'il n'avait pas été victime d'une monstrueuse erreur et qu'il méritait sa suspension. En principe, il a eu tort de se battre, et il l'a reconnu publiquement. Mais il récidiverait demain si les mêmes circonstances se reproduisaient.

Monsieur Labrie, lui, a posé sa lourde patte sur son épaule après avoir écouté ses explications.

— Si quelqu'un insultait ou attaquait ma Gilberte sous mes yeux, je réagirais exactement comme toi. Mais gâche pas ton année scolaire à te mesurer à des minables qui ont rien d'autre à faire que d'écœurer le monde. Tu vaux mieux que ça, fiston.

L'histoire du baiser, bien plus que celle de la bagarre, a mis Scooter tout à l'envers. Choisir un lieu public pour un événement aussi mémorable, aussi intime, quelle gaffe monumentale de sa part! Mais Nadia ne semble pas lui en vouloir. Elle lui a téléphoné la veille pour lui confier sa hâte de le revoir.

Le visage de Martin s'éclaire en repérant le trio Yannick-Stéphanie-Nadia. Steph l'aperçoit la première et agite la main.

Les joues de Nadia s'enflamment à sa vue. Un coup d'œil à Stéphanie rassure Martin : rien dans son attitude ne laisse supposer qu'elle est au courant, pour le baiser. Elle ne pense qu'à sa petite personne.

— Ah, Scooter! lance-t-elle en agitant un texte froissé. Tu arrives juste à temps! Tu vas m'aider à répéter!

Les lumières de Martin s'allument : il ne reste que trois jours avant les auditions! Elles auront lieu lundi dans l'auditorium, après le dernier cours. Certaine de décrocher un premier rôle, Stéphanie répète sans arrêt les trois phrases qu'elle a mémorisées. Mais elle a besoin d'un nouveau public, le sien commence à manifester des signes de fatigue!

— Donne-moi la réplique! ordonne-t-elle en arrachant une feuille des mains de Yannick pour la tendre à Scooter. Yan joue tellement faux, c'est pas endurable!

Nadia ne peut s'empêcher de pouffer.

— Bon, ben… salut! fait Yannick en jetant un coup d'œil significatif à Nadia.

Comme elle ne manifeste aucun empressement à le suivre, il s'éloigne en haussant les épaules.

— Pauvre toi, tes deux blondes te lâchent? raille une voix dans son dos.

Yannick fait volte-face et se trouve nez à nez avec le Cobra. La bouche fendue jusqu'aux oreilles, l'énergumène ajoute d'un air entendu:

— Ça me surprend de Stéphanie, du vrai papier collant, d'habitude! Mais méfie-toi de l'autre, la fille à Meury, c'est un visage à deux faces.

Yannick lui tourne le dos, mais le Cobra le talonne dans le corridor en prenant des mines de conspirateur.

— Ben oui, une vraie tigresse, la fille à Meury, surtout quand elle vient de *frencher* le grand Scooter. Pis lui… jaloux comme un singe si on a le malheur de regarder sa belle de travers. À ta place, je me tiendrais loin d'elle… à moins que t'aies envie de te faire suspendre, toi aussi.

— De quoi tu parles? réplique Yannick, les dents serrées.

— Quoi? T'es pas au courant de la grande histoire d'amour de ta blonde numéro deux? T'es bien le seul!

— C'est pas ma blonde, niaiseux! Tasse-toi, j'ai d'autre chose de plus important à faire que d'écouter tes stupidités.

Malgré sa répugnance naturelle pour les commérages, Yannick sent un léger pincement au cœur. Qu'est-ce que cet imbécile cherche à insinuer au sujet de Nadia et de Scooter? Stéphanie, pourtant avide de potins, ne lui a rien raconté.

Nadia, qui a vu le Cobra aborder Yannick et sortir avec lui de la cafétéria, est partagée entre l'inquiétude et l'agacement. Qu'est-ce que cet énergumène manigance encore?

La cloche annonçant le début des cours interrompt le monologue intérieur de Nadia, l'envolée oratoire de Stéphanie et le supplice de Scooter.

— Bye! lance la tornade blonde en rassemblant ses affaires. J'ai un cours de français dans deux minutes.

Enfin seuls! Scooter grimace et s'essuie le front du revers de la main pour marquer son soulagement. Nadia lui sourit.

— Ça te dirait de passer à l'Abri après l'école? chuchote-t-il en se préparant stoïquement à une réponse négative. On a reçu des meubles et j'aimerais ça avoir ton idée pour les placer. C'est le grand jour, demain, et j'ai peur qu'on soit pas prêts.

— Tout va être prêt, le rassure Nadia. On pourrait même souper là-bas, si tu veux. Mon père a une réunion ce soir.

Scooter acquiesce avec enthousiasme, le sourire fendu jusqu'aux oreilles. Un peu plus, il lui baiserait les mains!

— Je t'attends à la sortie des cours ou on se rejoint là-bas? demande-t-il avant de la quitter devant la porte de sa classe.

— Attends-moi à l'Abri. Je vais passer chez moi préparer un pique-nique. Pas question de commander de la pizza, si tu vois ce que je veux dire!

19

Décors et accessoires

— Tu parles d'un monstre! rigole Nadia en sautant à pieds joints sur le lourd canapé qu'elle et Scooter viennent de mettre en place dans la salle commune de l'Abri.

C'est un véritable dinosaure, vert, énorme, râpé, mais solide. Un canapé comme on les fabriquait autrefois pour accommoder confortablement une famille de six personnes. En voyant rebondir sa copine, Martin éclate de rire, amusé par ses gamineries. Elle semble si heureuse ce soir!

— Attention à la marchandise, gronde-t-il sur un ton faussement indigné. C'est une pièce de musée, un meuble de collection. Tous les visiteurs sont priés de redescendre…

Nadia écarte les bras et fait mine de se laisser tomber sur lui.

Elle a mal calculé son élan, son pied s'enfonce dans un coussin et elle bascule dans les bras de Martin, qui l'attrape de justesse. La serrant contre lui, il se met à danser et à tournoyer. Leur fou rire meuble la petite maison qui n'appartient qu'à eux en ce moment.

Un miaulement de protestation coupe net leur élan. Un éclair gris bondit vers le canapé.

— Tu lui as marché sur la queue, pauvre minou! s'exclame Nadia.

Elle se précipite vers le chat gris, qui se laisse flatter. Il s'est enfin manifesté aujourd'hui, réclamant officiellement asile. Les deux amis l'ont adopté instantanément. Scooter n'a fait qu'un saut au dépanneur pour l'approvisionner en croquettes. Il lui a même déniché une souris de caoutchouc.

Après quelques minutes, le chat se lasse des caresses de Nadia pour s'intéresser au bol de lait que Scooter vient de lui verser.

Moment béni... Scooter rejoint Nadia sur le canapé et respire l'odeur qui émane de ses cheveux, de son corps. Il se penche et l'embrasse furtivement derrière l'oreille.

— Tu ne m'en veux pas trop pour l'autre jour...? souffle-t-il.

Sans répondre, Nadia lui rend son baiser. Il la retient contre lui. Lovés dans les profondeurs du dinosaure, ils apprivoisent leur nouvelle complicité.

— J'ai reçu une lettre de ma mère, murmure Nadia en jouant avec le médaillon que Scooter porte au cou. Elle était sur la table de l'entrée quand je suis passée préparer notre pique-nique.

— Je suis content pour toi. Elle va bien?

Nadia se redresse, les joues rouges. De petites mèches frisottées encadrent son visage.

— Beaucoup mieux. Oh, Scoot… Elle va venir ici, chez nous! Chez mon père… Je ne peux pas y croire.

Scooter sent sa gorge se nouer. Il a beau repousser de toutes ses forces la question qui lui monte aux lèvres, c'est plus fort que lui, il faut qu'il la pose:

— Elle vient… te chercher? Pour te ramener là-bas?

La réponse de Nadia dissipe toutes ses inquiétudes.

— Non. Elle n'est pas encore tout à fait rétablie, mais elle est assez bien pour passer quelques jours en dehors de la clinique. C'est comme un test. Charles l'a invitée, tu te rends compte? Il lui a téléphoné, et elle a accepté!

C

En rentrant chez lui, épuisé après cette journée prolongée par une réunion assommante, Charles Meury trouve sa fille lovée dans le fauteuil de cuir de son bureau.

— Tu ne pouvais pas dormir? s'inquiète-t-il.

Elle hoche la tête en agitant un feuillet couvert d'une écriture serrée. Charles sent ses jambes mollir.

Aurait-elle trouvé sa lettre, celle qu'il lui a écrite dans un moment de désarroi? La gorge serrée, il contourne le bureau, jette un rapide coup d'œil au tiroir. Fermé…

— Maman m'a écrit, murmure Nadia.

Charles reprend son souffle.

— Tu es contente? demande-t-il en se débarrassant de son veston.

— Pourquoi t'as fait ça? Je comprends pas. T'étais pas obligé de l'inviter. Vous avez divorcé.

Charles dénoue sa cravate.

— On n'a pas divorcé de toi, Nadia.

— Mais où est-ce qu'elle va dormir?

— Je pense que ta mère serait contente de partager ton lit pour quelques jours.

— O.K. Mais Solange? Qu'est-ce que tu vas faire d'elle?

Amusé malgré lui, Charles lui ébouriffe les cheveux.

— J'hésite entre l'enfermer dans un placard ou lui braquer un abat-jour sur la tête. Qu'est-ce que tu en penses?

— Je pense que t'es pas drôle, mais comme c'est la première fois de ma vie que je t'entends faire une farce, je te pardonne!

20
Grande première

— O.K., groupe. Rapprochez-vous un peu…
Encore… Encore… Stop… Gardez le sourire…
Ah non, c'est pas possible, va encore falloir vous
replacer !

Le photographe mandaté par la Commission
scolaire fustige du regard une poignée de nouveaux
arrivants. Jouant des coudes pour s'immiscer dans
le cadre de son objectif, ils viennent perturber
l'ordre de son groupe. Un journaliste dépêché par
l'hebdo du quartier profite du remue-ménage pour
interviewer les dignitaires trônant au premier plan
sur des chaises de jardin. Le photographe du
journal ne se gêne pas pour les mitrailler à tour de
bras. Il n'est pas le seul à prendre des photos :
plusieurs personnes ont apporté leur caméra, certaines se servent même de leur cellulaire pour
filmer tout ce qui bouge.

L'humeur est à la fête en ce superbe samedi de l'été des Indiens, et les retardataires sont bien accueillis. Plus on est de fous, plus on rit.

Laissant son groupe se reformer comme il peut, le photographe allume sa cinquième cigarette, dont il tire de voluptueuses bouffées. Assis au centre de la rangée de chaises, le délégué de la police de quartier contemple férocement le bout de trottoir jonché de mégots près du fumeur à la chaîne. Solange Campeau, assise à sa gauche, lui glisse quelques mots à l'oreille. Il glousse. Le docteur Chicoine, qui est dur de la feuille, se penche vers eux pour se faire répéter la plaisanterie.

Et puis, comme par magie, le groupe se place à la satisfaction du photographe.

— O.K., groupe, on bouge plus… On souriiiiit!

Scooter sourit si largement depuis le matin qu'il en a la mâchoire crampée, les yeux pleins d'eau et les nerfs du cou crispés. C'est *sa* journée. *Son* portrait de famille. Et quelle famille! Pour un orphelin de naissance, il y a de quoi se sentir comblé.

Posant debout devant la porte de l'Abri, ornée pour l'occasion d'un ruban symbolique, il se sent le roi du monde. Nadia, à ses côtés, tient le chat tout tremblant dans ses bras; lui, tout tremblant aussi, la tient par la taille. Les Labrie, en bons parrains du projet, les encadrent avec une fierté rayonnante. Jacques entoure les épaules osseuses de Scooter d'un bras vigoureux. Gilberte flatte le chat en lui parlant doucement pour l'apaiser.

— Pauvre Ti-Gris… Toi qui te pensais pro-priétaire ici, tu dois te demander ce que tout ce monde-là vient faire sur ton territoire…

La maigre pelouse de l'Abri a peine à contenir la foule, qui déborde maintenant jusque sur le trottoir. Plusieurs parents d'élèves de La Passerelle, dont Charles, ont tenu à assister à l'inauguration de la maison des jeunes. Une trentaine d'adoles-cents ont sacrifié leur grasse matinée du samedi pour être présents dès l'ouverture des portes. Ce n'est que la pointe de l'iceberg : au cours des prochaines heures, il en viendra 10 fois plus, attirés par la curiosité, le buffet ou les nombreuses surprises annoncées.

— Encore une, c'est la dernière ! aboie le pho-tographe. On ne bouge plus… **Souriez !**

Lassé de garder la pose entre les bras de Nadia, Ti-Gris pousse un miaulement, s'arc-boute sur ses pattes arrière et se catapulte à travers la foule.

Le ruban enfin coupé, la maison est envahie et les flashes continuent de crépiter. Les exclamations et les rires fusent. Chacun tient à signer le livre d'or ouvert sur une table dans l'entrée. On déam-bule dans les pièces, de petits groupes se forment ; le buffet est pris d'assaut.

« Ça y est, pense Nadia en plongeant la louche dans l'énorme bol de punch sans alcool, la maison appartient à tout le monde maintenant… »

À sa grande surprise, elle ne ressent aucune tristesse. Scooter est si heureux de la réussite de son projet !

Cherchant son copain du regard, elle aperçoit Solange, entourée d'une poignée d'adolescents. Ceux-ci examinent avec beaucoup d'intérêt le contenu d'une caisse de livres, don de la bibliothèque du quartier. Plusieurs auteurs jeunesse ont même dédicacé leurs romans pour l'occasion. Nadia boit son punch à petites gorgées en attendant le moment propice pour aborder la bibliothécaire. Sa démarche n'a rien de spontané, elle y a réfléchi en s'habillant ce matin. Pour se donner du courage, elle tente d'imaginer Solange avec un abat-jour sur la tête !

— Madame Campeau ? Je peux vous parler une minute ?

— Oh, Nadia. Bien sûr. Mais appelle-moi Solange.

D'un commun accord, elles se dirigent vers le patio, à l'abri du brouhaha et des oreilles indiscrètes. Le temps a fraîchi, de gros nuages masquent le soleil qui n'a daigné paraître que pour saluer l'inauguration des lieux. Nadia jette un coup d'œil vers le fond de la cour. Le docteur Chicoine, qui semble tester la solidité de la clôture, n'est pas un témoin bien gênant, d'autant plus qu'il a le dos tourné.

— Je veux vous dire que… je suis désolée pour l'autre matin, murmure Nadia en fixant la pointe de ses chaussures.

— Je te demande pardon aussi. J'ai manqué de discrétion.

Nadia relève la tête, étonnée par cet aveu inattendu. Solange lui sourit.

126

— Les adultes ne sont pas à l'abri des erreurs ou des gaffes. Je comprends ta réaction, tu sais.

— Vous n'avez pas besoin de vous cacher pour euh… voir mon père.

— Tu as raison : les mensonges, secrets et cachotteries ne servent qu'à embrouiller les choses. Les situations claires sont beaucoup plus faciles à affronter.

Leur conversation est interrompue par la grosse voix du docteur Chicoine.

— Regardez ce que j'ai trouvé au fond de la cour, caché dans un buisson.

— Ti-Gris ! s'exclame Nadia. J'ai eu peur que tu nous fasses une fugue.

— C'est un chat public, à présent, déclare gravement le docteur en grattant le félin derrière les oreilles. Je pense qu'il en est conscient, mais il lui faudra un petit bout de temps avant de se faire à l'idée.

— C'est un amour, approuve chaleureusement Solange.

— Vous parlez de moi ? plaisante Scooter en les rejoignant sur le patio.

Nadia glisse sa main dans la sienne.

Il n'y a pas à dire, c'est une journée parfaite. Vraiment parfaite.

21
La starlette

Stéphanie Girard salue la foule en délire, son beau visage ruisselant de larmes de bonheur. Quelle performance! Quel talent magnifique! Elle mérite bien cette ovation monstre, cet hommage qui monte de la salle jusqu'à elle et l'auréole de gloire. Une étoile est née ce soir.

L'éclairage de scène met en valeur son teint parfait, l'éclat de ses grands yeux myosotis. Dans la salle, un critique ébloui rédige mentalement son texte pour l'édition du lendemain. Un metteur en scène fasciné se lève et sort discrètement, anxieux d'accéder avant tout le monde à la loge de la vedette.

Au premier rang, mal fagotée dans une robe trop étroite, Mélanie Lalonde, verte de rage et de jalousie, se ronge furieusement les ongles.

Stéphanie esquisse une légère révérence et les applaudissements redoublent. Se tournant vers les coulisses, elle aperçoit Charles qui lui sourit et lui envoie un baiser. Ils iront souper en tête-à-tête.

Les gerbes de fleurs pleuvent sur la scène. Les bravos fusent.

Au fond de l'auditorium, une silhouette sombre se détache, environnée d'effluves de Drakkar Noir. Yannick est triste. Il courbe la tête. Son grand amour lui échappe. Ah, comme il regrette de l'avoir laissée partir! Fallait-il qu'il soit aveugle... Dire qu'elle a renoncé à lui, qu'elle s'est sacrifiée pour permettre à une autre, beaucoup moins intéressante, de tenter sa chance.

Nadia lui touche le bras, inquiète de son air malheureux. Elle comprend, mais trop tard, qu'elle n'est rien pour lui. Il la quitte sans un mot, pour écrire une lettre d'amour déchirante.

La foule électrisée scande d'une voix unique, for- midable:

Sté-pha-nie! Sté-pha-nie! Sté-pha-nie!

— Stéphanie! Stéphanie Girard!

La voix de la prof de maths ramène la star à la dure réalité d'une classe chaude et bruyante. Les projecteurs de scène se transforment instanta- nément en néons lugubres, les spectateurs enthou- siastes en élèves dissipés, le critique ébloui en prof tout ce qu'il y a de plus... critique.

C'est le quatrième et dernier cours de la jour- née, le plus pénible et le plus long. Stéphanie, qui flotte depuis le matin dans un état de semi-conscience, se débat furieusement pour y rester, en dépit du regard sévère de madame Larrivée.

— Es-tu malade? Tu dors depuis le début!

— Les auditions la rendent dingue! marmonne Mélanie Lalonde, assez fort cependant pour que toute la classe l'entende.

Rires amusés. Stéphanie, furieuse, lance une gomme à effacer à la tête de l'effrontée. Dire que cette dinde se présente aux auditions elle aussi! Mais elle n'a aucune chance, aucune!

— Stéphanie! gronde madame Larrivée. Si tu tiens à rester après le cours, c'est ton choix.

En retenue? Tout, mais pas ça! Pas aujourd'hui, à quelques minutes des auditions dont dépend sa future carrière… et sa vie amoureuse.

Mortifiée, Stéphanie murmure une excuse, ignorant Mélanie Lalonde, qui lui tend sa gomme à effacer avec un sourire narquois.

— Pst! Madame la vedette!

— Mélanie! Le même avertissement vaut pour toi, menace madame Larrivée.

Vivement la cloche pour échapper à cet enfer!

La sonnerie tant attendue est précédée par la belle voix de Charles Meury à l'intercom… Stéphanie se pâme en l'écoutant.

« Je rappelle à tous les élèves de troisième secondaire qui désirent auditionner pour la pièce de théâtre de se présenter à l'auditorium dans les minutes suivant la fin des cours. Le jury, composé de monsieur Pierre Durand, de madame Luce Picard et de moi-même, comptera pour la circonstance sur le gracieux concours de madame

Clothilde de Roussignac, figure bien connue dans le milieu du théâtre.

« Nous avons reçu une majorité de candidatures féminines. La participation masculine étant essentielle, je réitère mon invitation à tous les garçons de troisième secondaire et je l'étends exceptionnellement à ceux de quatrième. Un petit effort, les gars!

« Pour assurer le bon déroulement des auditions, je vous demande de rester calmes et d'apporter les textes qui vous ont été distribués. Pour les candidats de dernière minute, des textes seront disponibles à l'entrée.

« Nous ferons une pause vers 18 h. Notre directeur a accepté que le local de la cafétéria reste ouvert ce soir, afin de nous permettre de nous restaurer sur place. Il n'y aura pas de service, chacun doit apporter son lunch. Il va sans dire que notre concierge, monsieur Plante, s'attend à jouer un rôle de figurant et non de ramasse-traîneries après ses heures normales de travail. Je compte donc sur votre collaboration habituelle en ce sens.

« Merci, et à tout de suite! »

Yannick Lavoie, qui s'apprêtait à quitter la poly, fait demi-tour et se dirige résolument vers l'auditorium. Après les troublantes révélations du Cobra, qu'il a mijotées toute la fin de semaine, il a besoin de parler à Stéphanie. C'est sa blonde offi-

cielle, après tout… enfin, il le croit. Et il en a assez
de jouer les marionnettes! S'il lui faut monter sur
scène et passer une audition pour attirer l'attention
de Stéphanie, eh bien… qu'à cela ne tienne! Il ne
craint pas d'être retenu pour jouer un rôle. Il n'a
aucun sens du théâtre. Mais elle, par exemple!
Qu'est-ce qu'elle a pu lui monter comme bateau
depuis quelque temps…

22

Crise de diva

Si on devait faire l'inventaire de tous les types de rumeurs qui circulent dans le monde et les classer par catégories selon leur origine, leur cheminement et leurs conséquences parfois désastreuses, on occuperait probablement à plein temps une armée de sondeurs et de statisticiens.

Qu'elle soit basée sur une vérité exagérée ou un mensonge éhonté, la rumeur, une fois lancée, fait allègrement son petit bonhomme de chemin. Un peu comme une chaîne de lettres : on ignore qui l'a commencée et qui la brisera. À moins que ce ne soit la rumeur elle-même qui brise quelqu'un ou quelque chose sur son passage… Telle une boule de neige lancée du haut d'une colline, la rumeur roule, prend de la vitesse, du volume et du poids.

Dans quelques heures à peine, c'est une fausse rumeur, fondée sur des faits tordus, qui fera scandale à La Passerelle. Sa source : Mélanie Lalonde. Son déclencheur : Stéphanie Girard. Son objet : Charles Meury. Et sa nature : une accusation tellement grave qu'on n'a même pas besoin d'en rajouter pour se sentir horrifié.

Il faut bien trouver un commencement à tout, un point de départ, un bouc émissaire. Et si c'était le concierge ? Ou encore la personne qui lui a demandé d'afficher un certain bout de papier sur la porte de l'auditorium ? Et si le grand responsable était ce bout de papier lui-même ? Quoi qu'il en soit, cette courte liste provoque des réactions variées chez les élèves ayant participé aux auditions. Elle fait : a) des heureux ; b) des déçus ; c) des résignés ; et d) des jaloux-indignés-furieux.

Sont inscrits sur cette liste, à côté des rôles disponibles dans la pièce, les noms des élus sélectionnés par le jury. Des heureux, ceux-là. Quant aux autres, ils pourraient cocher les cases *b* ou *c*. La quatrième catégorie, par contre, va comme un gant à Stéphanie Girard. Si le verbe fulminer n'existait pas déjà, il faudrait l'inventer exprès pour elle.

— Ça se peut pas ! éclate-t-elle en parcourant pour la sixième fois la liste, de haut en bas et de bas en haut. Il ne m'a pas fait ça ! J'étais la meilleure ! J'ai vu comment madame de Roussignac me regardait en s'appuyant sur sa canne. Cette femme-là, c'est une grande actrice, elle a bien dû se rendre compte de mon talent. Et monsieur Meury qui me faisait des sourires, qui faisait semblant de m'encourager en hypocrite qu'il est! Même pas un bon mot pour moi, après tout ce que j'ai fait pour sa fille… Ah, par exemple, il va me payer ça!

Si elle n'était humiliée que de son échec aux auditions, Stéphanie finirait par se calmer après avoir fait sa petite révolution personnelle. Mais le pire, le plus épouvantable, l'impossible à avaler… c'est que les deux rôles principaux ont été attribués à Yannick Lavoie et à Mélanie Lalonde! Mélanie, cette furie, cette peste! Et Yannick, ce traître, avec son air de poisson frit! Il a eu le culot de se présenter aux auditions sous prétexte de se rapprocher d'elle. Non, mais, pour qui se prend-il, celui-là?

Folle de rage et d'humiliation, Stéphanie trouve quand même le courage de garder un semblant de dignité pour dérouter ses nombreux ennemis et adversaires.

— T'en fais pas, Steph! la console Nadia. Il va y avoir d'autres pièces, d'autres rôles. Ton tour va venir, comme à la loterie.

— Certainement, et bien plus vite qu'on pense! ricane la belle tornade.

— Tu viens toujours souper ce soir? Marie-Marthe nous fait une fondue! ajoute Nadia, dans l'espoir bien mince de réconforter son amie.

Stéphanie hausse une épaule et remet sa réponse à plus tard.

De la fondue! Est-ce qu'on pense à manger de la fondue – et chez ce traître de Charles Meury en plus – quand c'est son propre cœur qui fond? En tout cas, avant d'accepter l'invitation, elle a besoin d'affronter Charles. En tête-à-tête, sans témoin gênant, pour se vider le cœur.

Quant à Yannick, il se confond en plates excuses, l'air innocent, mais ravi.

— Je ne savais pas, moi, que je serais choisi... C'est plutôt comique, non? Il paraît que ma voix porte bien et... oh, Steph, cesse de bouder! Tu devrais être fière de moi, toi qui dis toujours que je n'ai aucun sens du drame.

— Si tu veux faire un fou de toi devant tout le monde, c'est ton affaire. Et bonne chance avec Mélanie Lalonde, rétorque Stéphanie en lui tournant le dos.

— Voyons, Steph! T'as aucune raison d'être jalouse!

— Ah non? On en reparlera! Salut!

La rumeur n'est pas encore née. Mais la petite graine de jalousie, une espèce qui pousse très rapidement, s'agite dans son enveloppe, prise d'une furieuse envie de germer.

C

Pause du midi dans quelques minutes. Pas de français à l'horaire pour le groupe du 312. Stéphanie, qui n'attendait qu'une occasion favorable, prétexte un malaise pour se faire excuser de la classe de bio avant la sonnerie. Elle est si pâle, si défaite, que le prof n'y voit que du feu.

Après un saut à la salle des toilettes, elle marche vers le 314, l'autre classe dont monsieur

Meury a la charge. Il faut absolument qu'elle lui parle avant ce soir! Il doit y avoir une erreur, il ne peut pas avoir repoussé sa candidature sans raison. Lui a-t-elle déplu de quelque façon?

Postée à un endroit stratégique du corridor, elle guette la sortie des élèves. On la dévisage avec curiosité, la nouvelle de sa déconfiture s'est vite répandue. Ceux qui, comme elle, ont participé sans succès aux auditions, lui sourient en passant. «On ne peut pas gagner à tout coup!» semblent-ils dire. Stéphanie ne leur accorde même pas un regard.

Pour se donner du courage dans la défaite et camoufler ses yeux rougis, elle a emprunté la trousse de maquillage d'une copine. Peu habituée à se peinturlurer, elle a un peu forcé sur le fard à joues et l'ombre à paupières. Sa blouse écarlate accentue l'éclat artificiel de son teint. Inconsciente de l'effet assez inattendu qu'elle produit, elle croise les bras et attend que le local se vide pour affronter monsieur Meury.

— Wow, Steph! lance Face-de-Rat en se plantant devant elle. C'est pour moi que tu t'es *poupounée* comme ça?

— Peut-être bien que oui, peut-être bien que non! réplique-t-elle d'un air distant.

— Si on sortait ensemble à soir? À moins que t'aies rendez-vous avec Yannick... et Mélanie. On sait jamais, ils pourraient avoir besoin d'aide pour répéter leur rôle!

Stéphanie prend une grande inspiration et réussit à conserver son sang-froid.

— Si tu penses que je m'intéresse à des cons, tu te trompes. Et puis, j'ai déjà reçu une autre invitation. Une belle invitation à souper, de la part d'un vrai homme, pas d'un petit *twit* comme toi!

Elle a prononcé ces paroles sans réfléchir, sur un ton volontairement mystérieux. Surprise de son audace, elle se mord les lèvres. Qu'est-ce qu'elle raconte là? Son cerveau échauffé lui joue des tours. Elle se sert d'une demi-vérité pour la monter en épingle. L'invitation est bien réelle, mais elle provient de Nadia. Ils souperont à trois, et non en tête-à-tête. Mais qui a besoin de tous ces détails?

Stéphanie rêve d'être mise en valeur, de sentir qu'elle est importante, qu'on l'admire, qu'on l'envie. Qu'on l'aime. Le meilleur moyen d'y arriver, c'est encore de se raconter des histoires et d'y croire. Qu'y a-t-il de mal à enjoliver les faits pour se donner un peu de visibilité? De toute façon, elle n'a pas prononcé le nom de Charles.

Face-de-Rat lâche prise, non sans lui renouveler l'invitation.

— En tout cas, si tu changes d'idée, fais-moi signe.

— Compte là-dessus! marmonne-t-elle en le regardant s'éloigner.

23

La rumeur,
une création collective

Pressé de quitter son local, monsieur Meury
rassemble une pile de textes et les glisse dans sa
serviette. Il lève la tête, sourit gentiment en reconnaissant son élève.

— Ah, Stéphanie! Pas trop déçue du résultat
des auditions? Le choix a été difficile, mais tu vas
pouvoir te reprendre. Je pensais justement à toi,
aujourd'hui.

— Ah, oui? fait Stéphanie, dont le cœur fait
trois tours.

— On va avoir besoin d'une accessoiriste et
tu… Stéphanie? Qu'est-ce que tu as?

Quand on est malheureux, il n'est rien de pire
que la sollicitude des autres. C'est facile de garder
la tête haute et de jouer à faire semblant devant des

indifférents, des méprisants, des moqueurs. Mais quand on vous parle sur un ton compatissant, la coupe déborde.

À sa grande honte, Stéphanie pleure silencieusement, la bouche ouverte, les bras ballants. Le mascara coule en sillons noirs sur ses joues. Son discours indigné, si bien préparé, lui reste en travers de la gorge.

— Stéphanie? répète Charles, bouleversé. Voyons, dis-moi ce qui se passe!

C

Face-de-Rat, Rémi Dupont de son vrai nom, croise Mélanie Lalonde alors que, plateau à la main, elle cherche une bonne place à la cafétéria. Le vedettariat instantané a ses avantages. Elle repère une table où un petit groupe d'admirateurs agitent la main dans sa direction. Parfait, ils lui ont réservé une chaise au centre.

Elle n'a pas fait deux pas que Rémi l'arrête dans son élan.

— Félicitations! rigole-t-il en lui touchant le bras. J'ai hâte de te voir sur scène! Mais dépêche-toi d'apprendre ton rôle si tu veux pas te le faire voler par la belle Stéphanie.

— Comment ça? C'est moi qui ai été choisie, il n'y a pas de revenez-y! proteste Mélanie, pressée de rejoindre son fan club.

— On sait jamais! ricane l'autre. Je viens de voir Steph, toute *poupounée*, à la porte du 314. Je pense qu'elle va essayer de faire du charme à Meury pour le convaincre de changer d'idée. Ça fait que…

Il n'a pas le temps de terminer sa phrase que Mélanie, aussi inquiète que furieuse, lui lâche son plateau de nourriture entre les mains et fonce vers le 314 en bousculant tous ceux qui ont le malheur de se trouver sur son passage.

C

Charles Meury n'a jamais pu supporter les larmes. Elles ont un effet paralysant sur lui. La détresse des autres le désarme, le rend vulnérable. Le désespoir de Stéphanie, une de ses meilleures élèves et l'amie de sa fille, le touche profondément.

— Voyons, voyons…, dit-il en lui prenant la main. Ça ne peut pas être si grave…

— Pas si grave! hoquette Stéphanie. Oh, monsieur Meury, pourquoi m'avez-vous fait ça?

Mélanie Lalonde s'encadre juste à temps dans la porte pour voir sa rivale s'écraser en larmes sur la poitrine du beau prof. La main sur la bouche, les yeux écarquillés, elle recule d'un pas pour éviter d'être aperçue. Mais ses oreilles fonctionnent à plein régime, et elle sent son rôle lui échapper en entendant la réponse de Charles.

— Sois raisonnable, Stéphanie. Tiens, puisque tu viens à la maison ce soir, on en reparlera, veux-tu? Devant une bonne fondue chinoise.

Mélanie sent la terre trembler sous ses pieds. Une rumeur est sur le point de naître.

Fait numéro un : Mélanie Lalonde a bien vu Stéphanie Girard en larmes dans les bras de Charles Meury, l'idole de tout le troisième secondaire.

Fait numéro deux : elle a bien été témoin de l'invitation, pour le moins inhabituelle, d'un enseignant à l'une de ses élèves.

Fait numéro trois : deux et deux font quatre. Il se passe quelque chose de louche entre Stéphanie Girard et le beau prof de français.

Il lui manque une donnée essentielle, cependant. Comme toute l'école, à quelques exceptions près, Mélanie ignore que Charles est le père de Nadia, la meilleure amie de Stéphanie, et que cette invitation à souper vient d'elle.

L'indignation et la rage transportent Mélanie. La rumeur se met rapidement en branle.

— Tu sais pas quoi ? Monsieur Meury a invité Stéphanie Girard chez lui ce soir. Je les ai vus au 314… dans les bras l'un de l'autre !

Et roule la rumeur.

— J'en ai une bonne à te conter… Stéphanie Girard et monsieur Meury…

Et court la rumeur.

— Monsieur Meury, oui, je te le jure ! Elle passe toutes ses soirées chez lui.

La rumeur, minuscule boule de ragots au départ, dévale la pente des sous-entendus et grossit, grossit, grossit…

24

Sous les feux
de la rampe

Charles se retrouve bien malgré lui sous les feux de la rampe. C'est d'un air embarrassé que le directeur Houde, à la fin des cours de l'après-midi, l'a fait appeler à son bureau. Quelques heures à peine après sa naissance, la rumeur est parvenue à ses oreilles par l'entremise de la Visvikis elle-même, toujours à l'affût d'un louche complot au détour d'un corridor. C'est en surprenant une conversation entre cinq ou six élèves surexcités qu'elle a décidé de prendre les choses en main et d'agir avant qu'il ne soit trop tard.

Le directeur de La Passerelle est assez intelligent et assez expérimenté pour reconnaître le danger de sauter aux conclusions dans de telles circonstances. Mais il n'a pas le droit de fermer les yeux, compte tenu de la gravité de l'accusation et de ses conséquences possibles dans la vie d'une adolescente.

Écrasé par la présence silencieuse de la Visvikis, assommé par la bombe qu'on vient de lâcher sur sa tête, Charles Meury se tourne vers monsieur Houde qui évite de le regarder en face.

— Si ce dont vous m'accusez…

— Personne ne vous accuse de quoi que ce soit! proteste le directeur d'une voix chevrotante d'émotion. Je vous demande simplement votre version des faits, bon sang de bonsoir de journée de la vie!

Cette histoire le met dans tous ses états. Tirant une poignée de mouchoirs de la boîte posée sur une étagère, il s'éponge le front.

— Asseyez-vous donc, monsieur Meury, renchérit la Visvikis en tapotant le siège libre à sa gauche.

Contrairement à monsieur Houde, elle semble fraîche comme une rose et en pleine possession de tous ses moyens.

Mais Charles s'obstine à rester debout derrière sa chaise. Les mains crispées au dossier, il ressemble à un accusé derrière la barre des témoins.

— Si ce dont vous m'accusez s'était produit dans le cas de ma fille et de l'un de ses professeurs…

Les mâchoires de monsieur Meury se contractent. Il n'ose imaginer sa réaction si Nadia et monsieur Durand, par exemple…

Mais c'est lui qu'on accuse, et très injustement, au risque de compromettre sa réputation et de briser sa carrière d'enseignant. Il n'ignore pas que, même blanchi de tout soupçon, une ombre terrible continuera de planer au-dessus de sa tête, comme une épée de Damoclès. Il sait qu'il ne pourra échapper aux commentaires chuchotés dans son dos, aux doutes sur sa respectabilité, à la méfiance générale. Son seul espoir, bien mince au fond, est que la rumeur ne se soit pas trop répandue et n'ait causé aucun dégât irréversible.

— Il s'agit de vous, Meury, et de Stéphanie Girard, lui rappelle monsieur Houde en jetant à la poubelle son paquet de mouchoirs roulés en boule. On vous a vus ensemble. J'ignore qui, mais vous savez comment vont les rumeurs. Enfin, pour être honnête, il *semble* qu'on vous ait vus. Ce n'est pas une preuve, mais puis-je balayer tout ça du revers de la main ?

— Si je croyais ma fille victime de harcèlement sexuel, je commencerais par lui demander sa version des faits avant de sauter aux conclusions.

« Il dit vrai, reconnaît en elle-même la Visvikis. C'est précisément ce qu'il a fait le jour où sa fille s'est retrouvée au centre d'une bagarre. »

— C'est juste, admet-elle. Mais avant de mêler Stéphanie à une histoire pareille… surtout si elle est fausse… voyez-vous une raison particulière pour que cette rumeur, fondée ou non, se soit répandue comme une traînée de poudre ?

Charles n'a aucun mal à se remémorer la scène qui pourrait être à l'origine de toute cette histoire ni à imaginer la réaction d'un témoin visuel.

— Stéphanie Girard était sous le choc de ne pas avoir été retenue pour la pièce de théâtre. Elle est venue s'en plaindre, je lui ai offert un poste d'accessoiriste. Quand elle s'est effondrée en larmes, j'ai tenté de la consoler. Je la connais un peu mieux que mes autres élèves, car elle est une amie de ma fille et fréquente notre maison.

À ces mots, le directeur Houde se mordille un ongle. Il se sent personnellement visé. N'est-ce pas lui qui conseillait une amitié féminine pour le bien de Nadia?

— La rumeur fait état d'un souper en tête-à-tête…, poursuit la Visvikis.

Décidément, elle est bien renseignée!

— Stéphanie était l'invitée de Nadia ce soir, soupire Charles. Nous avons… avions de la fondue au menu.

Madame Visvikis hoche la tête, consternée. Sous ses manières de dragon se cache une âme sensible et droite. Les paroles de Charles ont un accent de vérité indéniable. Comment un père aussi soucieux de l'intégrité de sa fille aurait-il pu profiter sans vergogne d'une adolescente du même âge? Tout est possible, évidemment, et il ne faut jurer de rien. Mais son petit doigt lui souffle que cette histoire n'est qu'un ballon, gonflé d'interprétations fantaisistes et véhiculé par la rumeur.

La directrice adjointe est une femme de décisions rapides. Redressant le torse, elle consulte sa montre, se lève comme une masse et ouvre la porte du bureau en déclarant:

— Si Stéphanie n'a pas encore quitté l'école, je vais la trouver, l'emmener dans mon bureau et tenter de débrouiller cette histoire avant qu'elle ne fasse des ravages. Dans le cas où elle confirmerait la rumeur, ses parents seront avisés et la justice suivra son cours. Dans le cas contraire, il nous faudra agir rapidement pour désamorcer la rumeur. Encore heureux qu'elle n'ait couru qu'un après-midi.

Monsieur Houde opine, soulagé d'un grand poids.

Charles jette à la Visvikis un regard à la fois surpris et reconnaissant. Malgré sa dureté, cette femme ne s'embarrasse pas de préjugés, comme tant d'autres qui l'auraient déjà condamné sur la simple foi d'une rumeur. Son entêtement, si agaçant parfois, à aller jusqu'au fond des choses, le rassure à présent. Et puis, Stéphanie ne peut faire autrement que de confirmer son témoignage. Tout ceci est un malentendu. Ils n'ont absolument rien à se reprocher.

Le directeur tousse bruyamment pour cacher son embarras. C'est la première fois qu'il se trouve face à une telle situation dans son école.

Une longue attente commence… Les rôles sont inversés : monsieur Houde marche de long en large pour se calmer les nerfs. Charles, prostré sur une chaise, contemple le bout de ses chaussures.

C'est à Nadia qu'il pense.

25

Le rideau tombe

Dans la cafétéria déserte en cette fin de journée, Nadia pleure silencieusement, le front appuyé contre un mur glacé. La rumeur ne l'a pas épargnée. Quelqu'un, ignorant évidemment son lien de parenté avec Charles, s'est empressé de la mettre au courant d'un air réjoui. Juste comme elle allait quitter l'école, pressée d'aller nourrir le chat.

— Tu sais pas la nouvelle ? Meury est dans le bureau du directeur et paraît que ça barde. Imagine-toi donc que…

Nadia a senti une nausée l'envahir. Stéphanie! Et son père? Elle ne peut pas y croire. Quelle accusation infâme!

Saisissant cette occasion inespérée de se venger, le Cobra s'est empressé de jeter de l'huile sur le feu.

— Tel père, telle fille!

Nadia a eu du mal à cacher sa honte et sa peine, à s'empêcher de se boucher les oreilles en hurlant : «Vous n'avez pas le droit! C'est mon père! Je le connais mieux que tout le monde! Et j'ai confiance en lui!»

Elle n'a même pas cherché à vérifier les faits auprès de Stéphanie, d'ailleurs introuvable. L'histoire lui paraît tellement horrible, c'est un cauchemar dont elle souhaite se réveiller le plus tôt possible.

C'est sa nouvelle tendresse qui pleure et se révolte en ce moment. Charles a ses défauts, il l'énerve parfois, elle ne le comprend pas toujours, mais elle sait maintenant qu'il l'aime et qu'il se soucie d'elle.

Peu importe ce qu'il a fait – en admettant qu'il ait commis un acte répréhensible –, elle est de son côté, elle ne l'abandonnera jamais. Elle voudrait le lui dire maintenant, avant qu'il ne soit trop tard, avant qu'il ait eu le temps d'imaginer une réaction de rejet de sa part.

Aussi dérouté qu'elle, Scooter s'efforce de la consoler. La main sur son épaule, il cherche les mots pour calmer ce désespoir muet. Il se sent impuissant devant l'énormité de la catastrophe.

— Tout va s'arranger, murmure-t-il. Tu sais bien que ton père est innocent.

Nadia se tourne brusquement vers lui, le visage inondé de larmes.

— Non, je le sais pas! Et toi non plus. Personne le sait! Mais moi, ça m'est égal : je le sens dans mon cœur et dans mes tripes. Je suis prête à me battre pour le prouver ! Je vais défoncer des murs s'il le faut, crier qui je suis, écrire mon nom en rouge sur les portes des toilettes : Nadia Larue-Meury. C'est mon père, après tout, le seul père que j'ai. Il va avoir besoin de moi.

Et Nadia fonce, tête baissée, vers le corridor, suivie par un Scooter complètement bouleversé.

— C'est mon père ! hurle-t-elle en courant dans le couloir plein d'échos. M'entendez-vous ? Charles Meury est mon père !

— Mais où tu vas ? s'inquiète Scooter en la voyant s'engouffrer dans les escaliers.

Elle se tourne vers lui, la main sur la rampe. Ses larmes ont tari, ravivant l'éclat de ses taches de rousseur.

— Dans sa classe, chercher sa serviette et ses clefs. Je vais l'attendre le temps qu'il faut dans sa voiture.

— Veux-tu que je reste avec toi ? propose Scooter.

— Non, va nourrir Ti-Gris. Pis casse-toi pas la margoulette en chemin.

« Je tiens à toi », entend Scooter. C'est la première fois de sa vie qu'on lui fait une telle déclaration.

— Pas de danger, réplique-t-il, une main sur son cœur. Tu vas être avec moi sur mon *bike*.

« On est ensemble », comprend Nadia.

« On est ensemble ! » se répète-t-elle en montant l'escalier.

26

Nœud et dénouement

Seule au monde, à genoux dans un coin de la salle de toilettes des filles, Stéphanie Girard sanglote en se bouchant les oreilles. Sa tête douloureuse résonne encore des paroles cruelles de Face-de-Rat. Il l'a mise au courant de la rumeur sans prendre la peine d'enfiler des gants blancs. Stéphanie a enfin compris pourquoi on l'avait regardée de travers et pointée du doigt tout l'après-midi en chuchotant sur son passage. Tout le monde est persuadé qu'elle a une aventure avec monsieur Meury!

Même si c'est faux, archi-faux, elle se sent coupable, et c'est ce qui l'a empêchée de se défendre, de river son clou à Face-de-Rat et aux autres. Elle doit bien admettre qu'elle a caressé des idées troubles, qu'elle s'est monté des scénarios dans le secret de son cœur et qu'elle est même allée jusqu'à insinuer des choses pour se rendre intéressante. Toutes les adolescentes ne le font-elles pas, à un moment ou à un autre ? Mais de là à…

Stéphanie suffoque. Elle est devenue la risée, le centre d'attention de toute la poly. Elle qui rêvait de vedettariat se trouve maintenant dans un pétrin épouvantable, mais ce n'est pas sa faute, elle n'a rien fait de mal, elle va s'expliquer, rétablir la vérité. Mais devant qui ? Et qui la croira ? Si on l'accusait ouvertement, encore… mais comment se défendre contre une rumeur ?

Comme il serait tentant de se poser en victime ! Comme il serait facile de laisser entendre que monsieur Meury lui a fait des avances… On la plaindrait, au lieu de se moquer d'elle et de la mépriser.

Stéphanie explore un moment cette possibilité, qui lui apparaît comme l'unique porte de sortie. Elle y renonce très vite, effrayée par les retombées d'un mensonge aussi énorme. Assez de scénarios, assez ! Elle se rend compte que monsieur Meury est victime de cette horrible rumeur, lui aussi, au même titre qu'elle. Ils sont dans le même bateau.

Stéphanie pense à Charles, à Nadia, à Yannick, à son rôle perdu. Celui qu'on lui attribue si faussement l'effraie, la rend malade. Comme elle aimerait s'enfoncer dans le plancher, disparaître à jamais de la surface de la terre… Le visage brûlant, elle s'étend de tout son long sur la céramique glacée.

Mourant de peur et de honte, Stéphanie se love en position fœtale et prie de toutes ses forces pour qu'un miracle, n'importe lequel, vienne la délivrer de son insupportable agonie.

La porte s'ouvre… et le miracle se présente en la personne et sous la forme énergique, mais compatissante, de madame Visvikis.

Table des matières

POUR TON INFORMATION

Savais-tu que... la clef de l'adaptation à une nouvelle école, à un nouveau quartier, à une nouvelle situation de vie, c'est le temps ? Tristesse, nervosité et anxiété font partie du changement, mais finissent par disparaître.

QUELQUES TRUCS POUR T'AIDER À VIVRE CE CHANGEMENT DE LA MEILLEURE FAÇON POSSIBLE

- **Familiarise-toi avec les lieux.**
  Prends le temps de visiter ta nouvelle école et découvre les endroits clefs (toilettes, cafétéria, biblio). Profites-en pour te faire présenter à des élèves et à d'autres personnes de ton nouveau milieu.

- **Familiarise-toi avec les enseignants.**
  Un visage familier peut t'aider à te sentir plus à l'aise. Tu peux faire une demande à ta nouvelle école pour rencontrer tes enseignants avant ton arrivée officielle. N'hésite pas à aller leur parler en cas de besoin.

- **Familiarise-toi avec les matières.**
  Changer d'école lorsque l'année est entamée peut occasionner un retard dans certaines matières, surtout en mathématiques. Parles-en à ton nouvel enseignant pour qu'il te propose des solutions et t'aide à rattraper les travaux que tu pourrais avoir manqués.

- **Fais-toi de nouveaux amis!**

  Observe autour de toi. Qui te semble le plus sympathique? Qui as-tu envie de connaître? Brise la glace! Commence par un sourire, une salutation. Pose à un élève près de toi une question sur un devoir ou sur la date d'un examen. Les travaux d'équipe sont aussi un bon prétexte pour rencontrer des gens.

- **Recherche les personnes qui partagent les mêmes intérêts, les mêmes passions que toi!**

  Ne te décourage pas si tu ne trouves pas tout de suite des amitiés aussi fortes qu'à ton ancienne école. L'amitié, ça n'arrive pas nécessairement du jour au lendemain. Ça se cultive! Donne-toi le temps!

- **Inscris-toi à des activités qui te plaisent.**

  Il peut s'agir de la troupe de théâtre de ton école, d'une ligue d'improvisation, d'équipes sportives, etc. Les élèves qui partagent les mêmes passions que toi sont souvent ceux avec qui tu es susceptible de développer des amitiés.

- **Ne te limite pas à ton école!**

  Va faire un tour au Centre des jeunes de ton quartier. Informe-toi sur les activités offertes dans ton nouveau patelin et inscris-toi à celles qui t'intéressent.

DANS TES NOUVELLES AMITIÉS, ADOPTE DES COMPORTEMENTS GAGNANTS!

- **Sois toi-même et garde confiance.**

  En changeant d'école et de quartier, tu restes la même personne et tu gardes toutes les qualités qui t'ont fait apprécier de tes anciens amis. Laisse aux autres le temps de te découvrir et de t'apprécier pour ce que tu es.

- **Intéresse-toi aux autres.**

  Manifeste-leur ton intérêt, pose-leur des questions pour apprendre à les connaître. Mise sur l'écoute.

- **Ose faire les premiers pas!**

  Propose une activité que vous pourriez faire à l'extérieur de l'école : cinéma, magasinage, pratique d'un sport et pourquoi pas... aide mutuelle aux devoirs et aux travaux scolaires.

QUELQUES PIÈGES À ÉVITER QUAND TU CHERCHES À DÉVELOPPER DE NOUVELLES AMITIÉS

- **Ne fais pas semblant d'être quelqu'un d'autre!**

  Ne prétends jamais avoir des passions ou des goûts que tu n'as pas! Développe plutôt un climat de confiance avec les autres, en restant toi-même en tout temps.

- **Ne parle pas plus que tu n'écoutes !**

  Lorsque tu vis quelque chose de très intense, il est normal d'en parler. Garde cependant un équilibre entre la place que tu prends et celle de l'autre, qui a aussi des choses à exprimer !

- **Ne parle pas dans le dos de tes copains, et ne répands surtout jamais de rumeurs.**

  Si tu es en désaccord avec un de tes amis, la pire chose à faire serait de l'exprimer à tout le monde, sauf à celui-ci. Une mise au point avec la bonne personne peut suffire à rétablir la situation et à ramener la paix.

  Les choses ne sont pas toujours telles qu'elles paraissent. Comme dans le cas de Stéphanie et de son prof de français, les rumeurs sont souvent fausses et sans fondement. Mais, une fois lancées, elles peuvent faire beaucoup de tort aux personnes concernées.

  Par contre, si tu es témoin d'un événement troublant ou de gestes qui te paraissent déplacés, inacceptables, parles-en sans tarder à un adulte responsable.

N'OUBLIE JAMAIS QUE LE TEMPS EST TON MEILLEUR ALLIÉ !

- Donne aux autres le temps de te découvrir.
- Donne-toi du temps pour découvrir les autres.
- Si, au départ, les choses ne vont pas comme tu l'espères, donne-toi du temps et, surtout, ne perds jamais confiance.

L'INTIMIDATION ET LES RUMEURS

Savais-tu que… dire des paroles blessantes, se moquer de quelqu'un ou le rejeter volontairement, frapper, bousculer ou manifester tout comportement violent, raconter des mensonges et répandre des rumeurs sur une personne, ça s'appelle de l'intimidation ? Lorsque l'intimidation se poursuit, cela devient du harcèlement.

QUE FAIRE SI TU ES VICTIME D'INTIMIDATION OU DE HARCÈLEMENT ?

- Évite de te sentir coupable, ce n'est réellement pas ta faute !
- Ne t'isole pas ! Confie ton problème à un ami, pour qu'il soit à tes côtés si l'intimidation se reproduit. Demander de l'aide n'est pas un signe de faiblesse, au contraire. Dis-toi que la personne qui t'intimide agit rarement seule, et c'est ce qui la fait paraître si forte.
- Dénonce le plus vite possible toute situation intolérable. Parles-en à une personne responsable, à un adulte, par exemple à la travailleuse sociale de ton école, à un prof ou au directeur. Ils prendront les mesures nécessaires pour mettre un terme au harcèlement dont tu es victime.
- Montre que tu as confiance en toi et que tu ne te laisses pas marcher sur les pieds ! L'agresseur s'en prend toujours à des personnes qui ne se défendent pas. N'aie pas peur de le regarder

dans les yeux, avec une posture droite, en restant calme et en lui disant, par exemple : *Je n'apprécie pas du tout que tu répandes des rumeurs à mon sujet. Pourrais-tu arrêter, s'il te plaît ?*

- Ne réponds jamais à la violence par la violence.
- Marche la tête haute ! Aie confiance en toi. Plus tu auras confiance, moins l'agresseur sera porté à venir vers toi.
- Confie-toi à tes parents et, ensemble, faites en sorte que l'école adopte une politique de non-tolérance face à l'intimidation. Après tout, l'école est censée être un lieu sécuritaire.

VIVRE AVEC
UNE NOUVELLE PERSONNE

Tu as vu, avec l'exemple de Nadia dans ce livre, qu'il n'est pas évident de vivre avec quelqu'un que l'on connaît à peine. Bien que ce problème puisse sembler loin de tes préoccupations, tu vivras éventuellement un cas semblable. Le jour où tu partiras en appartement, par exemple, ce sera peut-être avec un colocataire. Vous devrez vous donner un certain temps d'adaptation. Voici quelques règles de base à suivre dans une telle situation :

- Respecte l'espace de l'autre personne.
- Souviens-toi que cette personne n'a peut-être pas le même style de vie que toi, les mêmes habitudes de sommeil… ni les mêmes standards de propreté.

- Mets au clair tes propres besoins, et exprime-les en gardant ton calme.
- Écoute bien l'autre et sois ouvert à ses besoins.
- En cas de conflit, reste ouvert aux compromis.

POUR EN SAVOIR PLUS

Voici quelques sites Internet où l'on peut obtenir de l'information ou de l'aide :

www.jeunessejecoute.com
www.teljeunes.com

INVITATION

En terminant la lecture de ce livre, vous avez sûrement des commentaires ou des impressions au sujet de l'histoire, des personnages, du contexte ou de la collection Faubourg St-Rock en général. Faites-nous-en part si le cœur vous en dit.

Collection Faubourg St-Rock
Éditions Pierre Tisseyre
9300, boul. Henri-Bourassa Ouest, bureau 220,
Saint-Laurent (Québec)
H4S 1L5

info@edtisseyre.ca
desro50@videotron.ca

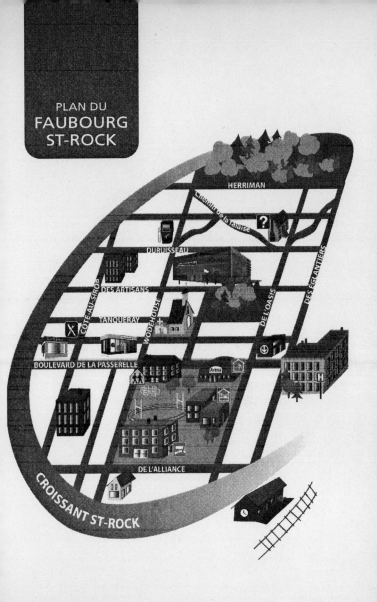

PLAN DU
FAUBOURG
ST-ROCK

HERRIMAN

Chemin de la falaise

DURUISSEAU

CÔTE-AU-SIROP

DES ARTISANS

TANQUERAY

WODEHOUSE

DE L'OASIS

DES ÉGLANTIERS

BOULEVARD DE LA PASSERELLE

Aréna

DE L'ALLIANCE

CROISSANT ST-ROCK

COLLECTION FAUBOURG ST-ROCK+
directrice : Marie-Andrée Clermont

Note : Les ouvrages listés ci-dessus dans la collection
Faubourg St-Rock+ sont des versions réactualisées
des romans portant les mêmes titres parus
de 1991 à 1994.